ESTE DIARIO PERTENECE A:

Nikki J. Maxwell

PRIVADO Y CONFIDENCIAL

SE RECOMPENSARÁ
su devolución en caso de extravío

(¡¡PROHIBIDO CURIOSEAR!! ☹)

¡Pero ahora es de

Mackenzie Hollister!

Rachel Renée Russell

diario de NIKKI 9

UNA **REINA** DEL DRAMA CON MUCHOS HUMOS

RBA

Título original: Tales from a NOT-SO-Dorky Drama Queen

Publicado por acuerdo con Aladdin, un sello de Simon & Schuster Children's Publishing Division, 1230 Avenue of the Americas, Nueva York NY (USA)

© del texto y las ilustraciones, Rachel Renée Russell, 2015.

© de la traducción, Isabel Llasat Botija, 2016.

Diseño: Lisa Vega

Maquetación y diagramación: Anglofort, S. A.

© de esta edición, RBA Libros, S. A., 2016.

Avenida Diagonal, 189. 08018 Barcelona

www.rbalibros.com

rba-libros@rba.es

Primera edición: mayo de 2016.

Ref: MONL332

ISBN: 978-84-272-0971-8

Depósito legal: B. 5508-2016

Impreso en España – Printed in Spain

Con todo mi amor, a los gemelos
Ronald y Donald,
mis hermanos.

Gracias por ser
la inspiración (y el tema)
del primer libro que escribí
como aspirante a escritora
en el último curso de primaria

AGRADECIMIENTOS

Un agradecimiento especial a Liesa Abrams Mignogna, mi editora; Karin Paprocki, mi directora de arte; y Katherine Devendorf, mi editora jefe, que han hecho amainar muchas tormentas (con inundaciones, huracanes, heladas y nevadas incluidos) para crear este libro tan especial. Vuestra visión, apoyo incondicional y atención obsesiva al detalle me han ayudado a hacer realidad mi sueño de escribir un libro desde el punto de vista de MacKenzie Hollister. ¡¡BIEN por NOSOTRAS!!

Daniel Lazar, ¡mi amigo e INCREÍBLE agente! Los Diarios de Nikki nos han llevado juntos a este maravilloso viaje. Aunque llevamos once libros, este es en realidad el primer capítulo de todo lo bueno que queda por venir.

Un agradecimiento especial al Equipo Pedorro de Aladdin/Simon & Schuster: Mara Anastas, Mary Marotta, Jon Anderson, Julie Doebler, Jennifer Romanello, Faye Bi, Carolyn Swerdloff, Lucille Rettino, Matt Pantoliano, Christina Pecorale y toda la gente de ventas. ¡Sois el MEJOR equipo con el que una autora puede soñar!

A Torie Doherty-Munro de Writers House; a mis agentes internacionales Maja Nikolic, Cecilia de la Campa y Angharad Kowal, y a Deena, Lori, Zoe, Marie y Joy... ¡Gracias por ayudarme a difundir el PEDORRISMO!

Y, por último, cómo no, ia Erin, Nikki, Kim, Doris y el resto de mi familia! ¡Gracias por creer en mí! ¡OS QUIERO MUCHÍSIMO!

¡Y no os olvidéis de dejar asomar vuestro lado PEDORRO!

MIÉRCOLES, 2 DE ABRIL

Las últimas veinticuatro horas de mi vida han sido tan asquerosamente NAUSEABUNDAS que de verdad empiezo a sentirme como un... charco de... ¡¡VÓMITO!!

Primero eché a perder mi jersey nuevo con un sándwich de mantequilla de cacahuete y pepinillos (es largo de contar).

Después recibí un pelotazo en la cara mientras jugábamos a balón prisionero, delante de TODA la clase, y acabé atrapada en un cuento de hadas absurdo (¡aún más largo de contar!).

Vale, puedo aguantar la HUMILLACIÓN de haber recorrido el instituto SIN ENTERARME de que llevaba un SÁNDWICH pegado como una lapa a la barriga.

También puedo aguantar haber sufrido casi una conmoción cerebral. ¡Pero NO puedo aguantar que "alguien" haya lanzado un HORRIBLE rumor sobre mí!

He oído a las GPS (Guapas, Populares y Simpáticas) chismorreando en el cuarto de baño.

Dicen que mi AMOR SECRETO me besó (este fin de semana en un acto benéfico) ¡porque era una APUESTA a cambio de una pizza grande de Queasy Cheesy!

Lógicamente ¡he ALUCINADO pepinillos cuando lo he oído! Primero porque una apuesta así sería algo muy desconsiderado y segundo porque me parece una broma muy cruel para hacerle a gente como... ¡YO!

¡SEGURO que es una TROLA inmensa! ¡Todo el mundo sabe que las pizzas de Queasy Cheesy son simplemente ASQUEROSAS! Si se hubiera apostado una Crazy Burger de esas tan buenas... ¡entonces sí que lo creería!

Bueno, tengo que reconocer que el rumor podía haber sido MUCHO peor. ¡Pero eso no quita...! Me gustaría que ese "alguien" se metiera de una vez por todas en sus asuntos. Y ese "alguien es, como no, mi enemiga a muerte... ¡¡MACKENZIE HOLLISTER!! ¡¡☹!!

No sé por qué esa chica ¡ME ODIA TANTO! Yo no tengo la culpa de que el director Winston le pusiera un castigo de tres días por "comportamiento poco deportivo" por haberme tirado aquel balón a la cara.

¡Bastante suerte he tenido de no estar ahora mismo en COMA! O en una operación a vida o muerte...

El caso es que como castigo por lo que me hizo, MacKenzie tiene que limpiar las duchas del cuarto de baño de las chicas, infestadas de bichos.

¡Por desgracia, hoy me he enterado de que el problema de los bichos en las duchas es GRAVE!

Estaba en clase de francés sentada detrás de MacKenzie, acabando mis deberes, cuando he visto que llevaba algo pegado al pelo.

Al principio creía que era uno de esos pasadores caros que tanto le gustan. Pero, al mirarlo más de cerca, ¡he visto que era una enorme CHINCHE muerta!! ¡¡PUAJ!! ¡¡☹!!

Le he dado unas palmaditas en el hombro para avisarla. "Er... ¡MacKenzie! Perdona, pero quería decirte que...".

"Nikki, ¡¿CÓMO se te ocurre hablarme?! ¡Métete en TUS asuntos!", me ha dicho fulminándome con la mirada como si yo fuera algo que su caniche mimado Fifi hubiera dejado depositado en la hierba de su jardín de atrás.

¡MACKENZIE, MIRÁNDOME MAL
DE LA FORMA MÁS MALEDUCADA!

"¡Vale, pues entonces no te diré que llevas una CHINCHE muerta en el pelo!", he dicho sin perder la calma. "Total, parece un pasador feo y hace juego con el color de tus ojos".

"¡¿QUÉ?!", ha dicho MacKenzie con expresión de horror y los ojos como platos.

Ha sacado su espejito y se ha mirado.

"¡Oh, cielos!, ¡Oh, cielos! ¡Tengo un enorme... INSECTO negro con patas enredado en mis tirabuzones dorados! ¡¡¡AAAAAAAAAAAAYYYY!!", ha chillado. Y se ha puesto a dar saltitos histéricos agitando la melena para que cayera. ¡La que ha montado!

"Lo estás empeorando. Se está enredando aún más. ¡Siéntate y relájate!", le he dicho mientras me acercaba a su cabeza con un pañuelo de papel en la mano.

"¡¡ALÉJATE DE MÍ!!", ha gritado. "¡No quiero tener DOS animales ASQUEROSOS en mi preciosa melena!".

"¡Deja de actuar como una niña MIMADA!", le he gritado. "¡Te estoy quitando el bicho! ¡¿Lo ves?!".

YO, QUITANDO LA CHINCHE
DEL PELO DE MACKENZIE

"¡Qué ASCO! ¡Aléjalo de mí!".

"¡De nada!", le he dicho, mirándola con rabia.

"¡No esperarás que encima te dé las gracias! ¡Ese bicho estaba en mi pelo por TU culpa! ¡Seguro que ha salido de esas duchas asquerosas que me obligan a limpiar!".

De pronto se ha cruzado de brazos y me ha escudriñado con la mirada.

"¿No será que me lo has puesto TÚ para arruinar mi reputación? ¡Supongo que te encantaría que la gente pensara que en mi casa hay una invasión de bichos asquerosos... otra vez!".

"MacKenzie, me parece que el brillo de labios te ha entrado en el cerebro. ¡Lo que dices es absurdo!".

"¡¿Cómo has podido ponerme ese BICHO asqueroso en el pelo?! ¡Me dan NÁUSEAS solo de pensarlo! ¡¡PUAJ!!".

Se ha llevado la mano a la boca y ha murmurado algo, pero yo no he entendido nada...

YO, INTENTANDO AVERIGUAR
QUÉ ESTABA DICIENDO MACKENZIE

Es verdad que estábamos en clase de francés, ¡pero
no me parecía que estuviera hablando francés!

Cuando POR FIN he entendido lo que decía, ya era DEMASIADO tarde.

Ha salido corriendo desesperada hacia la papelera que hay al final de la clase.

Pero, por desgracia, ¡NO ha llegado a tiempo!

¡NO podía creer que MacKenzie Hollister, la REINA de las GPS, estuviera vomitando delante de TODA la clase de francés!

Era como cuando ves un accidente y no puedes apartar la vista. ¡Yo NO quería verla cubierta de vómito de los pies a la cabeza! ¡☺! ¡Pero no podía dejar de mirar! ¡☺!

Nunca he visto a MacKenzie TAN incómoda, TAN humillada, TAN vulnerable, TAN er... ¡SUCIA!

Estaba pasmada y sorprendida cuando me ha invadido una emoción apabullante:

NUNCA JAMÁS había sentido tanta PENA por alguien, como ahora...

¡POBRE CHUCK DE MANTENIMIENTO!
¡LO SUYO SÍ QUE ES UN TRABAJO SUCIO!

Me ha parecido exageradamente cruel que ÉL
tuviera que limpiar toda aquella porquería que había
dejado MacKenzie.

¡¡A veces la vida es MUY INJUSTA!! ¡¡☹!!

Pero Chuck se toma su trabajo muy en serio, porque
hasta se ha puesto una de esas mascarillas de papel
que se ponen los cirujanos.

Supongo que lo ha hecho para protegerse de tanta...
¡PESTILENCIA!

La profa de francés ha mandado de inmediato
a MacKenzie a secretaría para que llamara a sus
padres y se fuera a casa el resto del día.

Los demás, para no quedarnos en el aula
contaminada y apestosa, hemos bajado a la
biblioteca para estudiar vocabulario de francés.

Lo cual era PERFECTO, porque así he podido
trabajar en mi proyecto para la Semana de la
Biblioteca Nacional que se celebrará a finales de mes.

En septiembre, mis BFF, Chloe y Zoey, organizamos una campaña de recogida de libros para el insti, y fue todo un ÉXITO.

¡Ahora estamos montando una aún más grande para la Semana de la Biblioteca Nacional!

Además, iremos a una feria del libro que se celebrará en Nueva York para que nos firmen algunos de nuestros autores favoritos. ¡¡¡YAJUUUUUUUU!!!

A lo que iba, ¡¡no puedo creer que MacKenzie piense DE VERDAD que yo le he puesto el bicho en el pelo!!

Lo siento por ella, pero parece que en la clase ya se están extendiendo RUMORES sobre lo que ha pasado.

He visto a una que le enseñaba algo en el móvil a un chico, y los dos intentaban disimular la risa.

¡He supuesto que le había enviado un mensaje a TODO el instituto contando lo que había pasado!

¡¡Pero todo es por culpa de MacKenzie!!

¡SOBREACTUANDO y poniéndose HISTÉRICA incluso cuando yo le ofrecía ayuda!

¡¡MacKenzie es una auténtica REINA DEL VÓMITO!!

¡GLUPS! Quería decir...

¡REINA DEL MELODRAMA!

¡¡Perdona el lapsus, MacKenzie!!

¡¡☺!!

¡Estoy TAN enfadada ahora mismo que me cuesta escribir! ¡¡☹!! Estaba aquí en mi taquilla, con mis cosas, cuando MacKenzie me ha tocado en el hombro y me ha soltado: "¡¿Por qué ANDAS siempre por aquí?! ¡¡POR FAVOR, lárgate de una vez!!".

"¡Pues mira, resulta que ando por aquí porque, por desgracia, mi taquilla está justo al lado de la TUYA!", he dicho con cara de paciencia.

"¡Aún no he superado lo de que me pusieras aquel bicho en el pelo! ¡¡No pienso volver a hablarte NUNCA MÁS!!".

"Como quieras, MacKenzie", he murmurado mientras contaba por dentro cuánto tardaría en empezar a parlotear otra vez. Cinco, cuatro, tres, dos...

"¡Estás ENFADADA conmigo porque fui diciendo que el beso de Brandon fue una APUESTA para ganar una pizza! Y ahora todo el mundo habla de eso. En venganza, FINGISTE que te había hecho daño en el gimnasio, ¡para meterme a MÍ en líos!...".

"NIKKI, ¡ERES PATÉTICA FINGIENDO!"

Lo siento, pero ya estaba hasta las narices de Doña
Contoneos diciendo tantas TONTERÍAS en mi cara.
Así que me he encarado con ella y le he dicho...

"¡¿En serio, MacKenzie?! ¡¡¿Crees que estoy fingiendo?!!! ¡¿A ti te parece FINGIDA esta HERIDA?! ¡Pues a mí no! ¡¡Aquí lo ÚNICO que hay fingido, chica, son TUS penosas extensiones de pelo y ese moreno de espray que te pones!!".

YO, ENSEÑÁNDOLE A MACKENZIE MI HERIDA

"¡Pobrecita! ¿Así que tengo que sentirme culpable cuando en el fondo te he hecho un gran FAVOR?", se ha burlado MacKenzie. "¡Esa marquita tan mona que te hice desvía la atención de tu horrenda cara!".

"Ah, claro. Por cierto, MacKenzie, ¿te has mirado al espejo ÚLTIMAMENTE? ¿Qué marca de maquillaje te has puesto hoy? ¡¿'Dibuja y Colorea'?!".

"Yo de ti no entraría en ese tema, Nikki. Mi pintalabios de marca cuesta MÁS que toda esa ropa tan fea que llevas puesta. ¡No me ODIES por mi BELLEZA!".

"Pues creo que lo que te convendría es COMERTE ese pintalabios de marca. ¡A ver si así te entra algo de BELLEZA por DENTRO!", le he contestado.

De repente, MacKenzie se ha puesto SUPERseria y me ha mirado fijamente la frente.

"Nikki, me preocupa mucho esa herida. Creo que tienes un principio de gangrena. Deja que vaya corriendo a la enfermería a buscarte unas vendas. Tú espérame aquí, ¿vale, cariño?".

Pero yo ya sabía lo que estaba pasando por su RETORCIDA cabeza...

MACKENZIE,
¡VENDÁNDOME LA HERIDA!

Cuando acabara conmigo, yo parecería... ¡una MOMIA de instituto hecha un desastre!

¡Y no pensaba permitir que MacKenzie volviera a HUMILLARME en público! ¡Otra vez!

¡Bastante malo era que hiciera correr un rumor malintencionado sobre mí! Lo que más me preocupaba ahora era que estropease mi amistad con Brandon.

Total, que estaba sacando los libros de mi taquilla, RABIANDO todavía sobre todo lo que había hecho, cuando he sentido que me VOLVÍAN a tocar el hombro.

¡GENIAL! ¡¡☹!! ¡En aquel momento solo me faltaba tener que aguantar una segunda ronda de acoso de MacKenzie! Si creía que me iba a vendar la herida, ¡lo tenía CLARO!

Ahí ya he perdido la paciencia. ¡Quería hacerle tragar las vendas! Pero, como no creo en la violencia, he decidido decirle simplemente de una forma muy MALEDUCADA pero amistosa...

¡¡MADRE MÍA!! Cuando me he dado la vuelta y he visto que era BRANDON, ¡¡me he quedado de PIEDRA!!

Brandon estaba allí con la boca abierta, herido y confuso. Y supongo que yo estaba en estado de shock, porque, cuando he intentado disculparme y explicarle por qué había dicho eso, lo único que ha salido de mi boca...

¡¿EEH...?!

Nos hemos quedado callados. Muy incómodos.
Mirándonos ¡lo que me ha parecido una ETERNIDAD!

"Vale, Nikki. Si de verdad es eso lo que quieres", ha
dicho con voz suave. "Supongo que este fin de semana
me pasé de la raya cuando... ya sabes. Bueno, pues
mejor te pido disculpas. Perdona".

"¡¿QUÉ?! Brandon, no quiero ni necesito tus
disculpas. Solo intentaba explicarte que todo ha sido
un gran error. De hecho, soy yo la que deber...".

"¡¿Error?! ¿En serio? ¿Para ti todo ha sido
un gran error?".

"Claro que sí, un error. Contigo nunca haría nada así a
propósito. Un momento de tontería lo tiene cualquiera
y siento mucho que pasara. Pero te aseguro que NUNCA
se repetirá, te lo juro. ¡Tú NO te lo mereces!".

Brandon parecía aún más herido que antes.

Era como si no entendiera nada de lo que le estaba
diciendo.

Tras otro largo silencio, Brandon ha respirado hondo y ha suspirado con tristeza. "La verdad es que no sé qué decir...".

"Mira, Brandon, no tienes que decir nada. Estaba muy enfadada. Y, por increíble que te parezca, creía que eras otra persona".

""Sé que podría haber sido más sincero contigo. Pero tampoco quería confundirte. No te enfades conmigo, ¿vale?".

"¡No lo entiendes! Lo que me ha enfad...".

"Sí que lo entiendo, Nikki, y quiero que seas feliz. Me distanciaré un poco, si es eso lo que quieres".

Se ha apartado nervioso las greñas del flequillo de los ojos y ha mirado el reloj.

"En fin, creo que será mejor que LOS DOS vayamos a clase. Nos vemos luego". Se ha metido las manos en los bolsillos y se ha alejado deprisa...

¡YO, HECHA UN LÍO TOTAL POR LO QUE
ACABABA DE PASAR ENTRE BRANDON Y YO! ¡¡☹!!

ATENCIÓN: ¡¡¡MANTÉN LA CALMA!!!

¿Le acabo de decir a Brandon SIN QUERER que estaba hasta el moño de que se salga con la suya haciéndome la vida imposible y por mí ya se podía ir a freír monas?

¡Sí! ¡¡Me temo que le he dicho ESO!!

Vale, entonces ya puedo... ¡¡¡PERDER LA CALMA!!!

¡¡¡AAAAAAAAAAAAAHHH!!! ¡¡¡☹!!!
(¡Esa era yo gritando!)

¡MADRE MÍA! ¡Mira que decirle eso a mi AMOR SECRETO!

He soltado un suspiro, me he dejado caer contra la taquilla y he intentado contener las lágrimas.

La inseguridad se cernía sobre mí como un gran nubarrón negro mientras estudiaba qué hacer:

1. "Superarlo" e irme corriendo a clase de geometría, donde tenía un examen al cabo de dos minutos (¡y aún tenía que estudiar!) ¡☹!

2. Perseguir a Brandon por el insti en plan "acosadora" y disculparme una y otra vez hasta que aceptara mi gesto y me dijera que volvíamos a ser buenos amigos.

3. Correr hasta los baños de las chicas, encerrarme en un cubículo y sumergirme en una gran llorera hasta que Chloe y Zoey me rescaten (¡OTRA VEZ!).

4. Meterme en la taquilla, cerrar la puerta y quedarme ahí dándome LÁSTIMA hasta el último día del curso o hasta que me MUERA de hambre, lo que pase antes.

¡¡¡Soy la PEOR AMIGA DEL MUNDO!!!

¡¡Y ahora ~~CREO QUE~~ BRANDON ME ODIA!!

¡¡☹!!

Hoy solo hemos tenido la mitad de las clases porque había jornada de formación para los profes. Por eso no he podido hablar con Chloe y Zoey sobre el gran patinazo que tuve ayer con Brandon.

Lo más raro de todo es que hoy me siento aún peor que ayer por lo que pasó, no lo entiendo.

Fui un par de veces a la taquilla de Brandon para hablar con él, pero no lo encontré.

Empiezo a sospechar que me está evitando. Si yo fuera él, ¡también me evitaría!

Quiero creer que lo de la apuesta de la pizza es un estúpido rumor inventado por MacKenzie, pero ¿y si fuera todo (o parte) VERDAD? ¡¡☹!!

Al final... ¡todo esto es ABSURDO! De manera que, a pesar de lo que pasó ayer, sigo considerando a Brandon un buen amigo. Se lo merece.

El Brandon que conozco NO aceptaría JAMÁS un reto como ese. Así que me NIEGO a perder más tiempo OBSESIONÁNDOME con el tema.

Esta tarde estaba en casa haciendo los deberes de biología cuando la mimada de mi hermana Brianna ha aparecido en la habitación cantando y dando saltitos.

"¡Tengo una sorpresa! ¡Tengo una sorpresa!".

Ha mirado por encima de mi hombro para ver qué estaba haciendo.

"¿No quieres saber qué es?", ha preguntado.

"Pues no", he contestado con indiferencia mientras seguía leyendo.

"¡Pues te lo voy a enseñar igual!".

Ha puesto una enorme sonrisa y ha plantado una pecera sobre mi libro de biología. Con el agua que ha salpicado ¡se me han empapado los deberes!...

29

BRIANNA, SALPICÁNDOME DE AGUA A MÍ
¡Y A MIS DEBERES!

"¡¡Brianna!!", he gritado. "¡¿Qué estás haciendo?! ¡Mira cómo has dejado el libro y los deberes! ¡Sal de aquí!".

30

Cuando he vuelto a mirar la pecera me he dado
cuenta de que ¡dentro había un pez y todo!

"¿De dónde ha salido ESTO?".

"¡De la profa!", ha contestado. "Me ha dejado el
pececito de clase, Rover, ¡para que YO lo cuide
todo el fin de semana! ¡Vamos a hacer un montón
de cosas juntos, porque es mi mejor amigo!".

Yo no tenía palabras.

"Pues creo que tendrás que ser un poco más
cuidadosa con el pobre, y más responsable. ¡Podrías
haber roto la pecera!".

"¿Qué significa 'responsable'?", ha preguntado.

"A ver... ¿cómo te lo explicaría en plan Dora la
Exploradora?". Me he llevado la mano a la barbilla
para pensar. "Fíjate en mamá. Mamá te da de
comer, te lleva al cole, te cuida cuando estás
enferma y vigila que no te pase nada. Pues eso es
ser responsable".

"¡Ah, ya lo entiendo. Tengo que hacer de mamá de Rover!", ha dicho estusiasmada.

"Sí, algo así", he contestado. "Hala, llévalo a tu habitación y cuéntale un cuento. No quiero que se me mojen más los deberes".

"¡Okis!", ha contestado llevándose la pecera. "¡Rover, mamá te va a enseñar su habitación!".

Menos mal que tenía el pez, porque así al menos estaría un rato ocupada y me dejaría en paz.

Pero no ha tardado ni quince minutos en volver brincando a mi habitación.

"¿Dónde está Rover?", le he preguntado.

"Está tomando un baño de espuma", me ha dicho.

"¡¿QUÉ?! ¡¿Has dicho 'BAÑO DE ESPUMA'?!", he chillado.

"Sí. Es que olía mucho a pescado, ¡y he pensado que le iría muy bien un baño calentito de espuma! Es lo que haría mamá, ¿verdad?".

"¡Brianna, dime que es broma! ¡Rover es un PEZ y por eso huele a PESCADO!".

"¡Pues ahora YA NO! Ya no huele a pescado, ¡ven y verás! Voy a sacarlo del baño y a secarlo con tu secador. ¡Hasta lueguito!".

¡Ay... MADRE! He cerrado el libro de golpe y he suspirado. ¡Adiós a los deberes!

He corrido hasta el cuarto de baño para ver cómo estaba el pobre Rover.

Y he comprobado que estaba como me temía.

Estaba recubierto de jabón y espuma ¡y FLOTANDO en el lavabo!

Y Brianna ocupadísima poniendo aún más agua...

¡BRIANNA, DÁNDOLE A SU PECECITO
UN BAÑO DE ESPUMA!

"¡MADRE MÍA! ¿De verdad le has dado un baño de espuma a tu pez? ¡¿Estás loca?!", he exclamado. "Brianna, ¡¡lo has dejado frito!!".

"¿Por qué dices eso? Rover se lo está pasando en grande. ¡Mira qué relajadito está!".

Brianna me ha plantado el pez muerto en la cara. Entonces me ha dado un poco de arcadas.

"¡Eso es MÁS que relajadito!", le he dicho. "No se mueve porque... ¡está MUERTO!".

"¡Su mamá soy yo, no tú! ¡Y yo digo que está dormido! ¡Y punto!". Y me ha sacado la lengua.

Pero cuando me ha pedido prestado MI cepillo de dientes para Rover porque así se los lavarían juntos antes de acostarse, he dicho "basta".

Había que hacer algo. Si dejaba que Brianna descubriera sola la verdad, necesitaría terapia el resto de su vida. Por otra parte, mi padre no es precisamente experto en esta clase de temas, y seguramente echaría a Rover al váter y tiraría de la cadena, y eso traumatizaría aún más a Brianna. Lo mejor era hablar con mi madre sobre el pez muerto mañana por la noche, cuando regrese de la visita a mi abuela.

¡¡A veces tener de hermana pequeña a una CHIFLADA tiene tela!! ¡¡☹!!

"Mamá, ¿sabes que Brianna trajo un pez a casa?", le he preguntado.

"Sí, ya lo sé. Y creo que es una buena forma de adquirir una responsabilidad", me ha contestado sonriendo.

"Pues anoche estaba haciendo el muerto en el lavabo", he exclamado. "¡En un baño de espuma!".

Mi madre ha suspirado profundamente y se ha frotado las sienes.

"¡Ay, Brianna, Brianna...!", ha murmurado agotada. "¿Qué voy a hacer con esta niña?".

"Mamá, no me creyó cuando le dije que Rover estaba muerto. ¡Quiere a ese pez como si fuera su hijo! ¡Se va a traumatizar un montón cuando descubra que lo dejó frito en un baño de espuma!".

Me acordaba de un pez que tuve yo a la misma edad. Se llamaba Don Pescadilla.

Todos los niños de mi clase llevaban sus mascotas para enseñarlas, y yo también quise hacerlo.

Puse a Don Pescadilla en una caja con agujeros para que pudiera respirar y me lo llevé al cole.

Ya te puedes imaginar lo que descubrí cuando abrí la caja para enseñárselo a mis compañeros.

"Sí, será una pena cuando Brianna descubra la verdad. Ojalá hubiera otra salida", ha dicho mi madre moviendo la cabeza.

De pronto se le han iluminado los ojos.

"¡Tengo una idea! ¡Y, si corremos, puede que lleguemos antes de que cierren a las nueve!".

He mirado el reloj y luego he mirado sorprendida a mi madre. Eran las nueve menos cuarto.

En condiciones normales estaría atosigándome para que acabara los deberes y me preparara para ir a dormir.

"¡No lo entiendo! ¿ADÓNDE vamos?", le he preguntado.

"¡Corre!", me ha gritado mientras cogía el abrigo. "En el coche te lo explico".

39

MI MADRE, A PUNTO DE LLEVARME
A UN MISTERIOSO PASEO EN COCHE

Hemos subido al coche y ha pisado el acelerador.

"Er..., MAMÁ, ¡¡¿puedes... ir MÁS DESPACIO?!!".

"¡No! ¡Solo faltan diez minutos para que cierren!", me ha contestado.

Casi ni recuerdo el resto del trayecto.

Porque al momento ya habíamos aparcado en mitad del parking vacío de la tienda Mascotas y MásCosas. Cuando estábamos saliendo del coche hemos visto a un empleado cerrando las puertas.

"¡Oh, no! ¡Ni hablar!", ha gritado mi madre. "¡Aún quedan seis minutos para comprar! ¡No pueden cerrar antes!".

Ha saltado del coche y se ha puesto a correr hacia la tienda. Yo iba detrás zumbando.

Dentro había un empleado barriendo. Nos ha visto pero ha disimulado. Luego ha puesto cara de paciencia y nos ha dado la espalda.

"¡EH!", gritaba mi madre golpeando la puerta de cristal. "¡ESTO CIERRA A LAS NUEVE! ¡AÚN NOS QUEDAN CINCO MINUTOS PARA COMPRAR! ¡¡ÁBRANOS!!".

MI MADRE Y YO, ¡¡INTENTANDO ENTRAR
EN UNA TIENDA CERRADA!!

El tipo ponía cara de fastidio total. Ha murmurado algo que seguro que es mejor no haber oído y ha seguido barriendo.

Y mi madre ha seguido aporreando la puerta de cristal. Yo rezaba para que no se rompiera en mil pedazos. Al final, el tipo ha tirado la escoba al suelo, ha quitado el cerrojo, ha asomado la cabeza por la puerta entreabierta y ha gritado enfadado.

"¡Si las puertas están cerradas, es para que los clientes sepan que ya pueden pirárselas!", le ha gritado a mi madre. "¡Está cerrado, señora! ¡Hágase a la idea!".

Estaba a punto de volver a cerrar la puerta cuando mi madre le ha puesto el pie para impedírselo.

"¡Óyeme!", ha rugido amenazándole con el índice. "¡Se nos ha muerto un pez y NO vengo del mejor de los humores! ¡De manera que YA nos estás dejando pasar para comprar otro, porque NO pienso montar otro piscifuneral! ¿Sabes lo traumático que puede ser para una niña el entierro de un pez? ¡¿LO SABES?!".

"¡N... no, señora!", ha tartamudeado el tipo nervioso, con los ojos como platos.

¡Ha debido de pensar que nos habíamos escapado del manicomio o algo por el estilo!

"¡Exacto! ¡NO lo sabes!", ha seguido mi madre. "¡Así que déjanos entrar! ¡O te juro que iré directamente a la sede central de Mascotas y MásCosas para poner una reclamación sobre vuestra horrible atención al cliente! ¿Te ha quedado claro, chaval?".

"¡MUY claro, señora!", ha dicho con una sonrisa falsa estampada en la cara. "¡Por favor, entren!".

"¡Ajá!", ha dicho mi madre alzando la barbilla y entrando en la tienda como si fuera suya. Yo iba detrás asustada.

La verdad es que verla echar la bronca a aquel empleado tan borde ha sido un gustazo.

Hemos recorrido todos los acuarios en busca de algún gemelo de Rover, pero no ha habido suerte.

Sin embargo, justo cuando estábamos a punto de rendirnos, he visto un pececito del mismo tamaño y color anaranjado que Rover escondido detrás de un castillo.

YO, PRESENTÁNDOME
AL NUEVO PECECITO

Mi madre y yo estábamos tan contentas de haberlo encontrado que nos hemos chocado los cinco.

Mientras ella iba a caja a pagar el nuevo Rover, me he fijado en un cartel que había junto a la puerta anunciando un sorteo de comida para perros.

PARTICIPA HOY Y GANA
UN AÑO ENTERO DE

¡COMIDA PARA PERROS
EL PERRO GOURMET!

¡SIN NECESIDAD DE COMPRA!

Rellena tu cupón

e introdúcelo en la caja.

¡Claro! Enseguida he pensado en el refugio para animales Fuzzy Friends, donde trabaja Brandon de voluntario. Un año entero de comida para perros gratis les podría ayudar mucho. Y ¿quién sabe? ¡a lo mejor gano!

Todo lo que ahorrasen en comida sería dinero extra que Brandon podría emplear en cuidar de MÁS animales sin hogar. ¡Lo contento que se pondría! Solo de pensarlo se me ha escapado una sonrisa enorme.

Entonces me he dado cuenta de lo mucho que supone nuestra amistad para mí. En cuanto volviera al coche le enviaría un mensaje disculpándome.

He rellenado la tarjeta con el nombre y la dirección de Brandon, le he dado un beso de buena suerte y la he metido en la gran caja con el resto de los boletos.

Estaba en la puerta de entrada, esperando a mi madre, cuando he visto a un chico SUPERguapo que salía de la tienda de al lado, con auriculares puestos. Lo que pasa es que no era un chico SUPERguapo CUALQUIERA...

¡¡¿ERA BRANDON?!!

¡Y llevaba una PIZZA!

¡Pero tampoco era una pizza CUALQUIERA!

¡Era una pizza para llevar de QUEASY CHEESY! ¡¡☹!!

Me he quedado helada, mirando incrédula con la cara pegada al cristal de la puerta.

Y he gritado: "¡¡¡NOOOOOOOO!!!".

Pero solo para mí, en el interior de mi cabeza, y nadie más lo ha oído.

Al ver desaparecer a Brandon por la esquina, he sentido que se me caía el corazón directamente a las zapatillas y se espachurraba en el suelo.

¡Vale, AHORA sí que empezaba a preocuparme la posibilidad de que el rumor FUERA verdad!

Y eso significaba que tenía que hacerme una PREGUNTA muy difícil que podía hacerme mucho daño sobre aquel BESO...

¡¡¡Seguro que si Chloe y Zoey se enteraban se ENFADARÍAN tanto con Brandon que querrían darle una PALIZA como pasó en el Baile de San Valentín en febrero!!!

¡MADRE MÍA! ¡Aquello sí que fue de LOCOS! ¡Sobre todo cuando Chloe perdió los nervios y se puso en plan Karate Kid con el vestido de fiesta y todo! Pero ahora me MORÍA por saber la respuesta a otras preguntas.

1. ¿Me había besado Brandon por una APUESTA para ganar una pizza, como decía MacKenzie?

2. ¿Me había besado Brandon solo para recaudar dinero con fines benéficos para ayudar a los niños necesitados del mundo?

o:

3. ¿Me había besado Brandon porque me consideraba algo MÁS que una buena amiga?

¡Ahora sí que estaba hecha un LÍO!

Estaba claro que no conocía a Brandon tan bien como creía.

En fin, para cuando mi madre y yo llegamos a casa, Brianna ya dormía.

Entramos de puntillas en su habitación y le dimos el cambiazo.

Al salir, vi al nuevo Rover nadando feliz en círculos.

¡¡Misión cumplida!!

Estaba tan agotada con todo el drama de Brandon que me fui directa a la cama.

Pero no podía dormir y me quedé mirando al techo preguntándome qué era lo que iba tan mal en nuestra relación. Luego me levanté y empecé a escribir mi diario.

De pronto todo cobró sentido y entendí por qué Brandon había estado tan a la defensiva el jueves, y con tantas ganas de distanciarse y darme aire.

¡Seguro que se sentía CULPABLE!

O a lo peor quería empezar a salir con MacKenzie.

Pero ¡por mí, adelante! ¡¡Doña DIVA y Don RETO están hechos el uno para el otro!!

¡De verdad que PASO mucho de Brandon!

¡Por mí como si se come un trozo de su estúpida pizza y se AHOGA con el SALAMI!

¡Yo quiero que alguien me saque ya de este torbellino de emociones!

¡¡☹!!

DOMINGO, 6 DE ABRIL

Brianna se ha colado en mi habitación mientras yo dormía.

"¡BU!", me ha gritado al oído. Y se ha puesto a reír.

"Buenos días, Brianna", he dicho sin mover un pelo (después de los cientos de veces que me lo ha hecho, ya no me asusta). "¿Por qué no te vas a alguna parte a tocarte la nariz y me dejas dormir?".

"¡Rover quería saludarte!", ha dicho, poniéndome la pecera ante las narices. "¡Al final se despertó de la siesta! ¡Mira!".

El nuevo Rover SEGUÍA nadando feliz en círculos. ¡Menos mal!

"¡Y todavía huele limpito después de su baño!", ha exclamado Brianna. "¿Quieres oler?".

"¡No! ¡Lo que QUIERO es que Rover y tú salgáis de mi habitación YA!", he gruñido mientras me tapaba la cabeza con la manta.

"¡Jugaremos a muñecas y luego miraremos la tele.
Y después le voy a dar a Rover un desayuno buenísimo!".

Cuando Brianna ha dicho lo del desayuno, creía que
le daría COMIDA PARA PECES, NO...

¡CEREALES DEL HADA DE AZÚCAR!

¡MADRE MÍA! ¡Estaba SUPERenfadada con Brianna!

Mi madre y yo casi podíamos haber acabado en la cárcel por allanamiento de tienda de mascotas cerrada.

¡Y todo porque Brianna no sabía cómo cuidar a su estúpido pez!

Ahora había algo muy claro: teníamos que devolver al pobre Rover a la escuela antes de que Brianna lo MATARA... ¡OTRA VEZ!

Mi madre llamó a su tutora para disculparse y contarle por qué habíamos tenido que sustituir al pez.

Pero se ve que el Rover que Brianna trajo a casa tampoco era el Rover original.

La maestra explicó que otros niños habían tenido "accidentes" parecidos al de Brianna.

Es decir, ¡el Rover que compramos era en realidad Rover Noveno!

A mí eso que ha contado la maestra me ha dejado pasmada y sorprendida.

Mi madre y yo hemos coincidido en que Brianna no está para nada preparada para tener un pez de verdad y vivo.

Puestos a hacer, mejor le compro un paquete de galletitas de pez de aperitivo y se las echo a la pecera con un poco de jabón para hacer espuma.

Total, mientras se pongan a flotar panza arriba (como el Rover original), ¡Brianna NO verá la diferencia!

El caso es que, como mañana tiene que devolver a Rover al cole, ha decidido que quiere comprar una pececita con brazos para poder jugar a muñecas y hacer magdalenas con ella.

"¡Lo siento, Brianna, pero los peces NO tienen brazos!", le he dicho.

Y me ha contestado: "¡Sí señora! Lo he visto en Internet. ¡Guardaré las pagas en la hucha y verás!"...

LA PECECITA CON BRAZOS DE BRIANNA
(TAMBIÉN LLAMADA "SIRENA")

Bueno, hay algo que tengo muy claro...

Si Brianna le da a su pececita con brazos un baño de espuma y la alimenta con cereales Hada de Azúcar como hizo con Rover, las cosas podrían ponerse mucho más FEAS muy deprisa. ¡Digo yo!

Con todo el drama de Rover, ¡se me ha olvidado comentar lo MÁS importante que ha pasado en todo el día!!

He empezado a recibir en el móvil mensajes histéricos de Chloe y Zoey sobre un rumor absurdo que acababan de oír sobre MÍ, Brandon, una pizza y un beso. ¡¡☹!!

Lógicamente, se lo he contado TODO. Han venido corriendo a mi casa y hemos estado hablando horas y horas (o eso me ha parecido).

Ahora me siento mucho mejor. Al fin y al cabo, puede que mi vida no sea un pozo de amargura sin fondo.

¡¡Chloe y Zoey son las MEJORES amigas del MUNDO!! ¡No sé qué haría sin ellas! ¡¡☹!!

Hoy la clase de educación física era como siempre: ejercicios inútiles, las GPS haciendo el manta y la profa gritándoles.

Yo seguía rabiosa con lo de Brandon.

"¡NO me lo puedo creer! ¡Es como si me hubieran cambiado por una patética pizza!", he bramado.

Como aún hacía un poco de frío para jugar a tenis fuera, hemos estado practicando dentro lanzando pelotas contra la pared del gimnasio.

La verdad es que me ha resultado la mar de terapéutico, porque necesitaba algo que me ayudara a quemar toda la energía negativa que había acumulado.

Por decirlo claramente, ¡estaba tan HASTA LAS NARICES que tenía ganas de ROMPER algo!

La parte positiva era que mis BFF y yo estábamos guapísimas con nuestros conjuntos de tenis SUPERchics.

MIS BFF Y YO, CHARLANDO
Y LANZANDO PELOTAS DE TENIS
CON NUESTROS CONJUNTOS SUPERCHICS

"¡Creía que Brandon era un buen tipo, pero ya veo que no lo conocía lo suficiente!", he soltado furiosa.

"¡Cálmate, Nikki!", ha dicho Zoey. "Vale que parece que el rumor es verdad, pero ¿y si Brandon compró la pizza con el dinero de su paga?".

"¡Sí, anda! ¡A ver qué IDIOTA gasta un céntimo en una pizza patética de Queasy Cheesy!", he contestado.

"Un idiota HAMBRIENTO, por ejemplo", ha dicho Chloe. "El otro día compré ahí una pizza de gambas".

"Pero si tanto insiste en que me debe una disculpa, ¡será porque el rumor es cierto! Y ¿por qué se ha ido cuando yo intentaba hablar con él?", he preguntado.

"¿No será porque tú le estabas gritando que te hacía la vida IMPOSIBLE?", ha dicho Zoey. "Digo yo".

"¿O no será porque iba a buscar alguna mona? Porque le dijiste que se fuera a FREÍR monas, ¿no?", ha bromeado Chloe.

"¡Vale, de acuerdo! ¡Ahí la culpa es MÍA! ¡Pero ojalá pudiera averiguar si lo que cuenta MacKenzie sobre la APUESTA es cierto!", he dicho golpeando la pelota aún más fuerte. "¡Porque ahora NUNCA sabré si el primer beso de mi vida fue simplemente una BROMA! ¡¡¡Y eso me está DESQUICIANDO!!!".

He lanzado la pelota con toda mi rabia y casi no nos ha dado tiempo a esquivarla cuando ha rebotado contra la pared y ha atravesado el gimnasio a lo que parecían más de cien kilómetros por hora.

Chloe me ha alzado una ceja. "Tú estarás DESQUICIADA, Nikki, pero lo que es tu pelota, iva a acabar DESTROZADA si sigues pegándole tan fuerte!".

"¡Perdón!", he mascullado.

De pronto a Zoey se le ha iluminado la mirada. "¡Chicas, chicas, tengo una idea! Suena descabellada, pero ¿por qué no llamamos a Queasy Cheesy y les pedimos que nos manden una copia del recibo de Brandon?! Así podremos ver si pagó él la pizza o si se la regaló alguien por una apuesta, como dice MacKenzie.

"¡Zoey, Queasy Cheesy NUNCA enviaría el recibo de un cliente a un puñado de niñatas entrometidas como NOSOTRAS!", he refunfuñado.

"¡No a menos que creyeran que esas niñatas entrometidas son CLIENTES!", ha contestado Chloe agitando las palmas. "¡Basta con que hagamos ver que somos BRANDON!".

"¡MADRE MÍA!, ¡tiene razón!", ha dicho emocionada Zoey. "Podemos llamar y decir que ha perdido el recibo y que necesita una copia. Y pedir que nos lo envíen por mensaje de móvil".

"¿Estáis LOCAS?", he dicho prácticamente gritando a mis BFF. "¡No podemos hacer ver que somos Brandon! ¿No iría contra la ley?".

Chloe y Zoey se han mirado cómplices.

YO, ¡SOSPECHANDO QUE
CHLOE Y ZOEY VAN A INTENTAR
ENREDARME!

Sabía por experiencia qué significaban esas miraditas:
¡iban a intentar comerme el coco para hacer algo que
yo NO quería hacer!

¡No me gusta NADA que me ENREDEN! ¡¡☹!!

"Está bien, Nikki, ¡dejémoslo!", ha dicho Zoey adoptando de pronto un aire de gran aburrimiento mientras hacía rebotar contra la raqueta la pelota, que BOTABA, BOTABA Y BOTABA. "Si lo que quieres es seguir con tu vida hasta que te MUERAS sin saber si tu primer beso fue o no de AMOR VERDADERO, adelante!".

Chloe ha bostezado y se ha puesto a mirarse las uñas. "Claro, Nikki, lo bueno es que cuando te veas anciana y sola, podrás pasar tus últimos días dándole vueltas a si Brandon compró la pizza pagándola de verdad o la ganó a cambio de un reto. Verdad o reto. Verdad o reto. Verdad o reto. Verdad o...".

"¡Vale, chicas! ¡¡PARAD!! ¡¡Que PARÉIS!!", les he gritado.

Ya estaba viendo que lo de ENREDARME les estaba funcionando.

Como siempre.

"Me ha quedado claro", he seguido. "Esta historia podría perseguirme el resto de mi vida. SÍ que quiero saber la verdad. Pero NO quiero acabar en la cárcel por intentar saber la verdad. Y, sobre todo, ¡no quiero darle a MacKenzie la satisfacción de haber ARRUINADO mi primer beso! Total, que vale, que agradecería mucho que me echarais una mano con esto".

Nos hemos chocado los puños las tres a la vez como muestra de nuestra solidaridad de BFF y de nuestro compromiso para desvelar qué tenía de cierto el rumor.

"Mirad, lo que veo más difícil es que los de Queasy Cheesy nos crean", he dicho. "¿POR QUÉ iba a necesitar Brandon con urgencia una copia del recibo de una pizza que se llevó hace dos días?".

"No sé, a lo mejor la necesita... ¿a efectos de Hacienda?", ha contestado Zoey.

"¿A efectos de Hacienda? Mmm..., eso SUENA muy real", he dicho llevándome la mano en la barbilla para pensar. "Oye, Zoey, ¡creo que eso puede funcionar!".

"¡Estoy de acuerdo! ¡Es muy bueno! ¡Genial!", ha dicho Chloe entusiasmada. "Er... ¿qué quiere decir 'a efectos de Hacienda'?".

"La verdad es que no tengo ni idea", ha dicho Zoey encogiéndose de hombros. "Pero siempre que mis padres pierden algún recibo u otro documento importante, les envían copias porque las piden a efectos de Hacienda".

"Sí, yo también he oído a mis padres utilizar esa excusa", he dicho. "¡Y funciona de maravilla!".

"¡Caramba! Creo que lo voy a utilizar la próxima vez que suspenda un examen!", ha dicho riendo Chloe. "Le diré al profe de turno que he perdido el examen suspendido y pediré uno nuevo a efectos de Hacienda. Si me dan una segunda oportunidad con los exámenes a efectos de Hacienda me van a subir un montón las notas".

"Lo siento, Chloe, pero no creo que sirva para arreglar malas notas", ha dicho Zoey entre risas.

"¡Por probar nada se pierde!", ha contestado Chloe.

"Pues a ver. La llamada la tendríamos que hacer desde el teléfono de la biblioteca, para que parezca más real. Así los de Queasy Cheesy no se nos quitarán de encima tan deprisa por no ser adultas", ha explicado Zoey.

"¿Por qué no llamamos mañana a la hora del almuerzo?", he sugerido. "Los martes no suele haber nadie por la biblioteca a esa hora".

Chloe quería ser la que llamara haciéndose pasar por Brandon. Decía que, como es la que ha leído más novelas de preadolescentes en las que salen tíos buenos, se "puede meter muy bien en su papel".

¡A saber lo que quiere decir con eso!

También hemos decidido que el recibo lo envíen al móvil de Zoey, porque en la biblioteca tiene más cobertura que los nuestros.

A mí me toca ir a secretaría a pedir tres pases de ayudante de biblioteca para que a la hora del almuerzo podamos salir de la cafetería.

Pues sí, me siento un poco mal pidiendo esos pases de ayudante de biblioteca cuando no tenemos ninguna intención de ayudar a poner libros en su sitio.

Pero hacer esa llamada a Queasy Cheesy y descubrir la verdad tras toda esta historia es claramente una tarea MUCHO más importante en lo que a mí respecta.

Porque la verdad es que ya no sé si me puedo fiar de Brandon.

¡¡Y pensar que nuestra amistad pueda acabar así es una absoluta TORTURA!!

¡¡☹!!

MARTES, 8 DE ABRIL

¡He estado toda la mañana histérica porque pronto iba a saber si el rumor que MacKenzie ha estado difundiendo sobre Brandon era o no cierto!

Pero además tenía la incómoda sensación de que se me estaba olvidando hacer algo SUPERimportante.

Nada más terminar educación física, las tres hemos ido corriendo a la cafetería para almorzar muy deprisa.

Íbamos a vaciar las bandejas para ir a la biblioteca cuando ¡POR FIN he recordado lo que había olvidado!

¡¡¡Los pases de ayudante de biblioteca!!! ¡NOO! ¡¡☹!!

Una de dos: o cancelábamos el plan secreto o nos arriesgábamos a que nos castigaran después de clase por COLARNOS en la biblioteca sin los pases.

Pese a lo que yo había liado, Chloe y Zoey INSISTÍAN en hacer la llamada.

Pero lo que antes parecía una misión difícil —escapar de la cafetería— se ha vuelto IMPOSIBLE cuando...

¡EL DIRECTOR WINSTON SE HA PLANTADO DELANTE DE NUESTRA MESA Y SE HA QUEDADO AHÍ COMO UNA ESTATUA! ¡¡☹!!

Lógicamente no nos hemos atrevido a movernos.
No íbamos a ARRUINAR nuestra reputación de
pedorras calladitas, estudiosas y obedientes.

Seguro que Winston NO sospecharía nunca que a
menudo nos escondemos en el armario del conserje,
que está en zona prohibida para alumnos.

¿Qué quieres? ¡Es nuestro PEQUEÑO secreto! ¡¡☺!!

Cuando se lo he dicho por mensaje a Chloe y Zoey, no
podían aguantar la risa. Chloe ha enviado otro diciendo
que nuestro GRAN secreto era que hacíamos llamadas de
broma desde el teléfono de la biblioteca! ¡☺! ¡Y Zoey
ha escrito que nuestro secreto ENORME era que un día
nos colamos en el vestuario de los chicos! ¡☺!

Por suerte, Winston se ha ido por fin a la otra
punta de la cafetería para vigilar una mesa de
brutos que competían a ver cuál de ellos podía
meterse más macarrones por la nariz.

Hemos dejado corriendo las bandejas y hemos salido...
escondidas tras un cubo de basura bastante apestoso.

MIS BFF Y YO, ¡COLÁNDONOS CON TOTAL
DISIMULO EN LA BIBLIOTECA TRAS
UN CUBO DE BASURA MUY APESTOSO!

Por culpa del director Winston, para cuando hemos llegado a la biblioteca nos quedaban menos de tres minutos para hacer la llamada y llegar a tiempo a clase.

Nos hemos arremolinado nerviosas en torno al teléfono mientras Chloe marcaba el número.

"¡Hey!, ¿qué pasa? ¿Es Queasy Cheesy? ¡Guay! Al loro, tío, yo me llamo Brandon y vine hace unos días a pillar una pizza y resulta que... ¡Flipa! ¡Voy y pierdo el recibo! Pero lo necesito, ¿sabes? Sería un, er... recibo a efectos de Hacienda. ... ¿Qué? ¿Cómo? ¿Que recibo afectos de la tienda?! ¿Que me enviaréis una postal? ¡No, no he llamado para eso! He dicho 'A EFECTOS DE HACIENDA'! Sí, para la declaración y tal, ¿lo pillas ahora?... Vale, genial. ¡Eso es!... ¿Que si recuerdo qué pedido hice? ¡Pues claro que lo recuerdo! ¡No todos los chicos somos tontos! Podemos recordar muchas cosas. Pedí una... er... ¿Te esperas un momento? Tengo que... ¡soltar un eructo! ¡Ya sabes cómo somos los tíos!".

Zoey y yo nos moríamos de vergüenza.

Chloe ha tapado el auricular con la mano y ha susurrado histérica: "Nikki, ¡quiere saber qué pedido hice! ¿Tienes idea de qué compró Brandon?".

"¡Chloe, la verdad es no estoy segura de qué pedido hizo!", he susurrado. "Es que no llegué a verlo comiendo. Lo que fuera lo llevaba dentro de una caja de pizza, y me parece recordar que era del tamaño grande. ¡Espera! ¡También llevaba un refresco encima de la caja!".

Chloe volvió al teléfono: "Mira, TÍO, te lo cuento: la verdad es no estoy seguro de qué pedido hice. Es que no llegué a verme comiendo. Lo que fuera lo llevaba dentro de una caja de pizza, y me parece recordar que era grande. Y me tomé un refresco que llevaba encima de la caja. ¿Me has seguido, chaval, o te lo repito?".

Zoey y yo no nos lo podíamos creer.

Estaba convencida de que en cualquier momento los de Queasy Cheesy pensarían que Chloe les estaba gastando una broma y le colgarían.

Chloe ha seguido hablando: "¿Quieres saber el día y la hora? Espera, que tengo que escupir. Ya sabes cómo escupimos los deportistas. Un momento...".

No sabía si Chloe se había vuelto loca o qué. ¡¿Por qué decía tanta tontería junta?!

"¡Nikki, quiere saber el día y la hora!", me ha susurrado nerviosa.

"Vale, a ver: Brianna mató sin querer a su pez el viernes, y fuimos a comprarle otro el sábado por la noche. Vi a Brandon desde la puerta de Mascotas y MásCosas cuando acababan de dar las nueve de la noche. ¡Pero no tienes por qué contarle todos los detalles porque no son asunto suyo!".

Chloe se ha aclarado la garganta: "Vale, chaval, escucha: la hermana de mi mejor amiga mató a su pez el viernes, y mi amiga fue a comprarle otro el sábado por la noche. Entonces vi a... me vi a mí mismo desde la puerta de Mascotas y MásCosas cuando acababan de dar las nueve de la noche. ¡Pero no tengo por qué contarte todos los detalles

porque no son asunto tuyo! ¿Te queda claro, chaval?
¡Bien!... Vale, espero".

Zoey y yo hacíamos gestos de incredulidad total.

Temía que estuvieran reteniendo a Chloe al teléfono
mientras el jefe de la pizzería llamaba al FBI para
informar de una llamada sospechosa de alguien que
quería acceder a los datos de un cliente particular
para usurpar su identidad o algo por el estilo.

Rastrearían la llamada hasta la biblioteca del insti
y mandarían una UNIDAD de las fuerzas especiales
formada por veintinueve polis que entrarían de golpe
por las ventanas para detenernos.

Pero al final, después de una eternidad...

"¡MADRE MÍA! ¿De verdad que lo ha encontrado
y me lo va a enviar? ¡YAJUUUU!", ha dicho Chloe.

Enseguida ha vuelto a su voz falsa y ha añadido:
"¡DIOS! ¡No sé qué me acaba de pasar! ¡Qué RARO!

Perdona, chaval, quería decir que es flipante que lo hayas encontrado y me lo envíes. Genial, tío".

CHLOE, ZOEY Y YO, CONTENTAS Y ALIVIADAS
AL OÍR QUE QUEASY CHEESY iNOS
IBA A ENVIAR EL RECIBO!

Chloe ha indicado el número de móvil de Zoey y ha dicho: "¡Qué bien te has enrollado! ¡Te debo una! ¡Nos vemos, chaval!".

Ha colgado y ha exclamado entusiasmada: "¡Lo conseguimos! ¡Ahora mismo está enviando el recibo a Zoey!".

No podía creerme que Chloe se hubiera salido con la suya.

Lo había hecho FATAL, ¡pero había sido DIVERTIDÍSIMO!

¡Estábamos tan contentas que nos hemos dado un abrazo de grupo! ¡¡☺!!

¡Me siento muy afortunada de tener unas amigas tan buenas como Chloe y Zoey!

Nos hemos puesto a esperar nerviosas a que llegara el mensaje. Cuando por fin ha llegado, Zoey me ha pasado el móvil.

Casi me temblaban las manos mientras leía el recibo de Brandon...

```
QUEASY CHEESY
COMIDA PARA LLEVAR
LA MEJOR PIZZA DEL MUNDO
SÁBADO, 5 DE ABRIL 21:04 H
**RECIBO**

1 PIZZA EXTRA CARNE GRANDE        9.99$
1 REFRESCO DE COLA                1.21$
IMPUESTOS                         0.80$
TOTAL                            12.00$
RECIBIDO                          0.00$
TARJETA REGALO QC                12.00$
CAMBIO                            0.00$

**¡GRACIAS!**
```

Lo he tenido que leer varias veces, cerrando y abriendo los ojos porque no me lo creía.

¡Brandon NO había pagado la pizza de Queasy Cheesy! ¡¡¡☹!!!

Es decir, que ¡MacKenzie DECÍA la verdad!

¡La había cambiado por un vale de regalo! Un vale que, según MacKenzie, había conseguido al ganar un reto, una APUESTA que me implicaba a MÍ!

Lo que me estaba diciendo aquel recibo era mucho más que el tipo de pizza que Brandon había pedido.

Me estaba diciendo que...

¡¡El rumor era CIERTO!!

¡¡MacKenzie tenía RAZÓN!!

¡¡Brandon NO era MI AMIGO!!

¡¡Y el primer beso de mi vida había sido una completa FARSA!!

¡¡AAAAAAAAAAH!!

(¡Esa era yo gritando!)

¡¡☹!!

MIÉRCOLES, 9 DE ABRIL

Hoy tenía una reunión con el señor Zimmerman, el asesor del periódico del insti, sobre la sección de consejos que escribo bajo el seudónimo de la Señorita Sabelotodo.

Como mi semana ha sido una auténtica pesadilla, casi esperaba que me DESPIDIERA tal cual.

Nerviosa, he asomado la cabeza por la puerta de su despacho. "Hola, señor Zimmerman, ¿quería verm...?".

"¡NO! ¡No quiero!", ha gritado. "Y ahora... ¡FUERA DE MI DESPACHO!".

"¡Perdón!", he dicho sorprendida mientras me retiraba.

"¡Espera, Nikki! ¡TÚ sí que puedes entrar! ¡Pero esos alumnos que huelen a fritos de queso y videojuegos NO!", ha mascullado.

El señor Zimmerman es un buen profe, de verdad. Lo que pasa es que es ALGO... er, ¡RARITO!

Tardé un tiempo en acostumbrarme a su personalidad siempre estresada y al hecho de que sufra como mínimo cinco cambios de humor al día, lo que significa que nunca sé muy bien con cuál me tendré que enfrentar.

He vuelto a asomar la cabeza por la puerta y lo he visto repantingado en la silla con las gafas de sol puestas.

Tenía el despacho hecho un desastre, lleno de pilas de papeles por todas partes.

Me ha indicado que me sentara y yo me he acercado tímidamente y lo he hecho.

"¡NO PISES TAN FUERTE, POR FAVOR! ¡TENGO UN DOLOR DE CABEZA HORRIBLE!", ha gruñido.

"¡Lo si-siento!", he tartamudeado. "¡No lo sabía!".

"¡Sí que lo sabías porque te lo acabo de DECIR ahora mismo! ¡Te he dicho 'no pises tan fuerte, tengo un dolor de cabeza horrible'! ¡¿No te acuerdas?!".

YO, DISCULPÁNDOME CON
EL SEÑOR ZIMMERMAN POR ~~HABLAR~~ CAMINAR
¡DEMASIADO FUERTE!

"Ah, vale, bueno", he dicho, y enseguida he cambiado de tema: "He venido porque creo que quería verme para hablar de mi sección de la Señorita Sabelotodo. Espero que todo vaya bien...".

"Pues sí, tu sección de consejos es cada vez más popular. ¡Acabarás siendo una de esas famosas de la tele a las que todo el mundo les cuenta su vida! ¡Sigue así!".

Entonces me ha dicho que, para que pueda responder el gran número de cartas que recibo, había pedido a los del club de informática que diseñaran una web para la Señorita Sabelotodo.

¡Ahora los alumnos que busquen consejo pueden dejarme una carta en alguno de mis buzones repartidos por el insti o mandarme un correo electrónico!

Gracias al señor Zimmerman ¡tengo mi propia web de la Señorita Sabelotodo!

La verdad es que es una noticia estupenda. ¡Pero es que ya era hora de que ALGO me saliera bien, por una vez!

MI NUEVA WEB
DE LA SEÑORITA SABELOTODO ¡☺!

El señor Zimmerman ha dicho que Lauren, su becario, también escanearía las cartas en papel y me las mandaría por correo electrónico para almacenarlas en la web.

¡Esto facilitará MUCHO mi trabajo!

Luego se ha llevado la mano al bolsillo y ha sacado un post-it arrugado.

"Aquí tienes los datos necesarios para acceder a la web. En la segunda línea está tu nombre de usuario y en la tercera, tu contraseña".

```
RECADOS
▀▄▀▄▀▄▀▄▀▄▀▄▀▄▀▄▀▄▀

1 COMPRAR LECHE

2 CLASE DE YOGA
         A LAS 7
```

"Se trata de información muy delicada. ¡Protégela con tu vida! De lo contrario, ¡serás automáticamente DESPEDIDA!", ha dicho con solemnidad.

"¡¿DESPEDIDA?!", he repetido. "¿En serio?".

"¡Sí, en serio! ¡He tardado casi cuatro horas en configurar ese nombre de usuario y contraseña! ¡Y ahora no encuentro mi lista de recados! Creo que acabaría antes

DESPIDIÉNDOTE antes de volver a pasar cuatro horas configurando otro nombre y contraseña. De manera que ¡más vale que te andes con cuidado!".

No sabía cómo decirle que me parecía que mi nombre de usuario y contraseña ERAN su lista de recados.

Pero, como no estaba teniendo un buen día, con el dolor de cabeza y tal, no quería arriesgarme a que se volviera a enfadar.

Así que he sonreído, le he dado las gracias y me he metido la nota en el bolsillo.

Después, con mi nuevo nombre de usuario y contraseña, hemos accedido a la web y me ha explicado cómo funcionaba todo.

Estoy impaciente por empezar a contestar cartas utilizando la nueva web. ¡Escribir en mi sección de consejos va a ser superdivertido!

"¿Algo más?", me ha dicho el señor Zimmerman mirando el reloj de tortugas ninja que tenía en la pared.

"No, creo que no", le he contestado. "Pero déjeme que le vuelva a dar las gracias por mi nueva web de la Señorita Sabelotodo".

"¡De nada!", ha contestado el señor Zimmerman ajustándose las gafas de sol y dejándose caer otra vez en su sillón. "Y ahora... ¡FUERA DE MI DESPACHO! ¡Ya he perdido mucho tiempo hablando contigo! ¡Y sigo sin encontrar mi lista de recados!".

Total, después de la reunión había UNA cosa que yo tenía muy clara.

Ese hombre está como una CABRA, ¡pero de las del monte! ¡¡☹!!

Eso sí, ¡es imposible no quererle! ¡¡☺!!

En cualquier caso, estoy muy contenta de que mi sección de consejos vaya tan bien, aunque el resto de mi vida sea un DESASTRE.

¡MADRE MÍA! ¡Se me acaba de ocurrir una idea genial!

¡Yo debería escribir a la Señorita Sabelotodo!

¡A lo mejor así YO MISMA me doy un buen consejo sobre cómo resolver todos MIS problemas personales!

¡¡☺!!

RECORDATORIO:

¡¡INFORMACIÓN MEGAIMPORTANTE!!

Web de la sección de la Señorita Sabelotodo:

Nombre de usuario: 1Comprarleche

Contraseña: 2Clasedeyogaalas7

¡¡Recuerda proteger esto con tu vida!!

¡¡O serás AUTOMÁTICAMENTE DESPEDIDA!!

¡¡☹!!

He llegado pronto al insti para trabajar en mi sección de la Señorita Sabelotodo. Me iría perfecto para distraerme de tanto drama que ha habido en mi vida últimamente.

Lo único que quería era no encontrarme con quién tú ya sabes. Desde la pelea de la semana pasada, nos hemos ignorado el uno al otro.

Cuando he entrado en la redacción del periódico, lo primero que he visto ha sido a una pandilla mirando un vídeo en un móvil y riendo histéricamente. Se ve que una chica había grabado a alguien de clase y se lo había mandado al chico que lo estaba enseñando.

A mí los vídeos de tonterías me hacen tanta gracia como al que más, así que me he acercado a ver.

¡¡MADRE MÍA!! ¡He FLIPADO! ¡Casi vomito los cereales del desayuno! Era un vídeo de...

MACKENZIE HOLLISTER,
¡¡EN PLENA CRISIS DE HISTERIA CON LO DE
LA CHINCHE EN EL PELO!!

Allí estaba MacKenzie, en el aula de francés, gritando y saltando de un lado a otro, y agitando la cabeza como si fuera una coctelera.

¡Y no te lo pierdas! Como alguien le había puesto MÚSICA al vídeo, ¡parecía que estaba haciendo el Harlem Shake, aquel baile absurdo que causó tanto furor durante tan poco tiempo!

¡Hacía daño mirarlo! ¡☹! ¡Pero lo he mirado, porque también era para MONDARSE! ¡¡☺!!

Si MacKenzie se entera de que están pasando ese espantoso vídeo de ella, le va a dar un ataque MONUMENTAL.

¡Y será diez veces PEOR que el que tuvo por culpa de la chinche muerta!

Confieso que ese vídeo es simplemente... ¡¡CRUEL!!

Aunque NO siento afinidad por MacKenzie, la verdad es que me da mucha PENA por ella. ¡☹!

¡Es broma! ¡PARA NADA! ¡¡☺!!

¿Qué quieres? TODAVÍA estoy traumatizada por aquella vez que me grabó bailando y cantando en el escenario del Queasy Cheesy con Brianna.

¡Y luego lo COLGÓ EN YOUTUBE! ¡¡☹!!

¡UN VÍDEO MUY EMBARAZOSO EN EL QUE SE ME VE BAILANDO Y CANTANDO SOBRE UN ESCENARIO CON MI HERMANA PEQUEÑA!

A lo mejor MacKenzie se entera por fin de
lo que es sentirse tan HUMILLADA que lo único
que uno quiere es cavar un AGUJERO muy
profundo...

METERSE dentro...

¡¡Y MORIRSE!! ¡¡☹!!

Espero de verdad que esta experiencia le sirva de
lección.

¡Pero ya puede estar contenta!

Al menos nadie ha colgado el vídeo de ELLA en
INTERNET para que lo vean millones de personas.

¡¡AÚN!!
¡¡☺!!

VIERNES, 11 DE ABRIL

Querida Nikki:

Mucho me temo que has PERDIDO algo muy IMPORTANTE. ¡☺!

(Aparte de tu amor Brandon, tan MONO él ¡y tan PEDORREICO! ¡¡y tu ORGULLO, claro!!)

Mmm... a ver, ¡¡¿QUÉ puede ser?!!

¿Tu mochila? ¡No!

¿Tu libro de geometría? ¡No!

¿Tus deberes de francés? ¡No!

¿No será alguna de esas prendas tan horteras que salen de tu armario?

¡¡OJALÁ!! ¡El mundo sería un lugar mucho más agradable sin la presencia de tus HORRIBLES pantalones de poliéster! ¡¡☹!!

Y esos zapatos tan baratos que me llevas,
¿de dónde los sacaste? ¡Ya sé! ¡Son el regalo
del mes del Happy Meal de McDonald's!

Pero bueno, mejor empiezo contándote con
todo detalle cómo TU TESORO más amado ha
llegado a mis delicadas manos.

Hoy, como todos los días, me he levantado
a las 6:15 de la mañana, me he duchado y
he hecho mis diez minutos de yoga. Luego
he tomado mi desayuno continental: zumo de
naranja recién exprimido, medio panecillo con
queso de cabra y un batido verde, todo ello
subido a mi habitación en una bandeja de plata
por mi criada Olga.

Por cierto, los batidos verdes son esenciales
para mantener mi cutis tan PERFECTO. Junto
con mis visitas semanales al salón de
bronceado TOMA EL SOL CON AEROSOL.

Luego tenía que ver con cual de mis fabulosos
estilazos iba a ARRASAR en el instituto...

¿FASHIONISTA ARROLLADORA?

¡¿BOHO-CHIC Y DECIDIDA?!

O... ¡¿DULCE Y ESTILOSA?!

Sí, lo sé: como siempre, ¡estaba
GLAMUFABULOSA con los tres!

Pero, después de probármelos y consultar a
mi estilista personal por Skype (porque ahora
mismo está de gira acompañando a Taylor
Swift), he elegido el de Dulce y Estilosa.

Como papá está (¡otra vez!) en Europa y mamá
tenía una cita a primerísima hora en el spa
para un facial, nuestro chófer Nelson me ha
llevado al instituto en nuestra limusina negra.

¡Que por cierto no lleva ninguna CUCARACHA
de plástico de dos metros pegada encima!

No como OTROS.

De verdad, ¡tiene que ser tan HUMILLANTE!

Antes de ir de un sitio a otro metida en ese
CACHARRO con un INSECTO gigante encima...

¡Oh, cielos! ¿CÓMO TE LO DIRÍA...?

Me VENDARÍA los ojos, me pondría mi mejor POSE y le PAGARÍA a Nelson para que me ATROPELLARA con la limusina.

YO, CON LOS OJOS VENDADOS, ANTES DE SER ATROPELLADA

¡¡Me taparía la cabeza con una bolsa de papel y me arrojaría al Gran Cañón!!

¡¡YO, ARROJÁNDOME
AL GRAN CAÑÓN!!

¡¡O me embadurnaría el cuerpo entero de HAMBURGUESA DOBLE DE QUESO y luego me metería en el acuario de los tiburones!!

¡YO, A PUNTO DE METERME EN EL ACUARIO DE LOS TIBURONES!

¡Lo decía en broma, cariño! ¡¡ 🙂 !!

Se ve que esa MONUMENTAL cucaracha de plástico es un miembro importante de tu familia. ¿Porque TU hermana pequeña le ha dicho a MI hermana pequeña que se llama MAX y es la mascota de la familia!

Nikki, desde luego, ¡tienes una familia de lo más RARA! ¡Lo siento SOBRE TODO por MAX!

En fin, a lo que iba: cuando Nelson me dejó en el instituto fui directamente a mi taquilla a ponerme más brillo de labios y...

¡UPS! ¡Se acerca alguien por el pasillo!

No tengo más remedio que dejar de escribir.

Por cierto, Nikki, ¡¡no adivinarías NUNCA quién es ese "alguien"!!

¡Eres TÚ, cariño! ¡¡ 🙂 !! Tú y las tontas de tus amigas Chloe y Zoey, que os acercáis entre

risitas y brincando como tres ARDILLAS con
problemas sociales.

Ya veo que no te has enterado de que ihas
perdido tu precioso DIARIO! Sí, he dicho ¡¡DIARIO!!

¡Estoy impaciente por ver el ATAQUE de
HISTERIA que te dará cuando te enteres!

Pero por ahora me esconderé detrás de mi
bolso Verna Bradshaw que compré ayer en el
centro comercial (estaba rebajado un 20%).

En la próxima clase pediré a la profesora de
francés un pase para el baño. Así, mientras
tú estás ocupada conjugando verbos, yo
estaré LEYENDO tu diario. ¡☺!

¡¡CHAÍTO!!

MacKenzie

SÁBADO, 12 DE ABRIL

Querida Nikki:

No tengo ni idea de por qué te pasas horas y horas escribiendo en este estúpido diario.

A ver si lo adivino. ¡Es porque, claramente, tienes que HACER ALGO CON TU VIDA!

Yo, cuando quiero compartir mis experiencias vitales o desahogarme sobre algo, hablo con mamá y papá.

Cierto, a veces mamá está superocupada con su ajetreada vida social y sus obras benéficas.

Y a veces papá está superocupado construyendo su multimillonario imperio empresarial.

Pero, cuando mis padres tan entregados no pueden pasar tiempo conmigo (algo demasiado frecuente últimamente), siempre puedo contar con el doctor Hadley, mi terapeuta.

Él me escucha pacientemente durante una hora ENTERA siempre que mi padre le pague 480 dólares por sesión. Y puedo ir DOS veces a la semana si quiero. ¿A que es guay? ¡Soy una chica MUY afortunada! ¡☺! ¡Y no lo digo para darte celos!

Lo siento MUCHO por ti, Nikki, porque tu ÚNICO apoyo emocional son esos padres tan RAROS que tienes. Y esta TONTERÍA de diario.

¡Y no le importas a nadie más! Bueno, puede que a la mimada de tu hermanita Brianna. ¡Ah, sí! Y a Chloe y Zoey. Y a lo mejor a Marcy, Violet y Jenny. Y olvidaba a Theo y Marcus.

Pero ¿qué me dices de Brandon? ¡Se rumorea que ya PASA totalmente de ti! ¡☺! Lo siento, cariño, pero tu NENE ya está en otras cosas.

¡A lo que voy es que TÚ no tienes amigos DE VERDAD!

¡Y te mueres de CELOS porque todos los GPS BESAN el suelo por el que paso!

Pero, bueno, antes que nada, tengo que dejar una cosa muy clara:

¡YO NO ROBÉ TU DIARIO!

Tengo demasiada dignidad como para caer tan bajo. Además, si yo quisiera, papá me compraría una FÁBRICA entera de DIARIOS en algún país pobre del tercer mundo. Ya ves.

Papá me da básicamente todo lo que quiero, especialmente si monto un escándalo. ¡Y mamá dice que soy una REINA DEL MELODRAMA, mejor incluso que ELLA! ¡☺! ¡Los dos me ADORAN!

A lo que iba: ayer fui a mi taquilla a retocarme el brillo de labios. Según mi estilista, por mucho que pongas, ¡NUNCA sobra!

TÚ acababas de salir corriendo a clase cuando presencié una escena CATASTRÓFICA...

YO, ¡¡TOTALMENTE IMPRESIONADA AL VER TU TAQUILLA __ABIERTA__ POR CULPA DE TU CHAQUETA COLOR VÓMITO!!

Esa chaqueta tuya es tan ESPANTOSA que me dio náuseas verla. Estuve a punto de pedir una ambulancia.

¡Pero no para MÍ! Quería que se llevaran tu chaqueta color vómito al VERTEDERO municipal. Y que la QUEMARAN por ser un peligro para la salud pública.

Y SÍ, Nikki, sí que intenté avisarte de que la manga de la chaqueta se había quedado atrapada en la puerta de la taquilla.

Pero verla me produjo una reacción alérgica tan grave que solo pude emitir un susurro muy débil y ronco que se ve que tú no oíste.

Como comprenderás, ¡TODO fue culpa TUYA! ¡¡Que un SER racional lleve una chaqueta COLOR VÓMITO al instituto está más allá de mi comprensión y de toda lógica!!

De verdad, ¡¡¡¿CÓMO TE LO DIRÍA...?!!!

En fin, para cuando había empezado a recuperarme del HORROR que acababa de vivir, tú ya habías desaparecido brincando por el pasillo como un conejito DESPISTADO.

¡¡Me quedé tan preocupada con lo de tu taquilla abierta que sufrí un ATAQUE de PÁNICO total!!

¿Y si alguien te robaba los libros de texto? ¡Sería una pérdida económica para nuestro centro!

¿Y si alguien te robaba las llaves de casa? ¡Tu familia estaría en peligro!

¿Y si alguien te robaba la chaqueta? ¡La dejarían en el bosque para que alguna gata abandonada y preñada pudiera parir en ella!

Por eso, Nikki, a pesar de que básicamente TE ODIO A MUERTE (¡es broma, cariño! ¡☺!), he decidido hacer lo que debía y tomar medidas para proteger tu bien más valioso y preciado.

¡¡YO, CONFISCANDO HEROICAMENTE TU DIARIO PARA QUE NO LO ROBARAN Y ACABARA LEYÉNDOLO TODA LA CLASE!!

Ya ves, pues, que yo no ROBÉ tu diario. Incluso deberías darme las GRACIAS por lo que hice, porque, si no, ¡las páginas que contienen tus secretos más profundos y oscuros estarían ahora forrando los pasillos del instituto!

De verdad que mi intención era devolverte el diario antes de sociales. Pero casi llego tarde a clase, porque tuve que hacer una parada en el baño para cepillarme el pelo.

Luego te lo pensaba devolver después de educación física, pero la profesora me obligó a correr tres vueltas más por hablar en clase con Jessica sobre tu espantosa chaqueta de color vómito.

Y, por último, te lo iba a devolver en bio, pero estaba demasiado ocupada FLIRTEANDO con BRANDON mientras tú mirabas y DISIMULABAS tus celos desesperados. ¡☺!

Total, ¡que al final me vi OBLIGADA a llevarme tu diario a casa para custodiarlo!

Si te soy sincera, Nikki, ¡nunca me has caído bien porque en el fondo no te conocía! Y supongo que yo nunca te he caído bien a ti porque en el fondo no me conoces.

O sea, que el hecho de que yo lea tu diario es algo BUENO. Así iré conociendo tus esperanzas, tus sueños y tus miedos, y todos tus secretos más profundos y oscuros.

Y para que TÚ puedas conocerme a MÍ mejor, ¡yo también escribiré alguna cosita en tu diario sobre mí y sobre mi vida!

También DIBUJARÉ en tu diario para que veas mi fabuloso talento artístico.

Pero no te vayas a creer que eres realmente tan guapa como te voy a dibujar en estas páginas. ¡Es que por principio me niego a dibujar gente fea porque sencillamente me da náuseas!

En fin, Nikki, espero que disfrutes leyendo...

EL DIARIO DE MACKENZIE:
UNA REINA DEL MELODRAMA NADA PEDORRA

¡¡¡BIENVENIDA A MI MUNDO, CARIÑO!!!

¡¡CHAÍTO!!

MacKenzie

DOMINGO, 13 DE ABRIL

Querida Nikki:

¡Hoy todo ha sido muy... PECULIAR! ¿Por qué?

Porque he tenido una ¡EMERGENCIA de ROPERO!

¡Oh, cielos! Hasta me he mareado y me han empezado a sudar las manos. ¡¡PUAJ!!

Mi estilista (que, por cierto, estaba de gira con Ariana Grande) dice que ¡NUNCA hay que sudar! Como mucho... ¡SE BRILLA!

En fin, que no tenía más remedio que correr hasta el centro comercial para buscar la blusa PERFECTA que llevaría al instituto mañana.

Tenía que ser:

Mona, pero no infantil.

Elegante, pero no aburrida.

Atrevida, pero no hortera.

Fashion, pero no pasajera.

Al final, después de pasar una eternidad de tiendas, he encontrado, no una ni dos, ¡sino TRES fabulosas blusas de marca!

Y, como no acababa de saber cuál de ellas me encantaba más, he decidido comprar las TRES por solo 689 dólares con 32 céntimos.

¿Que por qué? ¡¡Porque PUEDO!!

¡¡Bien por MÍ!! ¡¡ 😊 !!

¡No me odies! ¡¡No es culpa mía ser tan RICA!!

Luego me he ido corriendo a casa y me he encerrado en la habitación.

Tenía que tomar una decisión muy difícil: ¡¡qué blusa haría más juego con ~~tu~~ MI diario!!

YO, ¡INTENTANDO DECIDIR CUÁL DE MIS FABULOSAS BLUSAS IBA MEJOR CON ~~EL~~ MI DIARIO!

¡Solo faltaría que alguna CHALADA del instituto me VIERA con SU DIARIO y me acusara de ROBÁRSELO!

Ya sé que de entrada nadie la creería, dada mi reputación de persona amable y honrada.

Pero, si fuera a decírselo al director Winston, sí que habría una posibilidad de que me PILLARAN con el diario en el bolso.

¡Lo que significaría automáticamente una expulsión temporal del Westchester Country Day!

¿¡¡Te imaginas que me obligan a ir a un centro PÚBLICO!!? ¡Como esos que salen en la tele!

¡PUAJ! ¡¡ 🙁 !!

Este diario no merece un riesgo como ese.

Me he lanzado una larga mirada fría a mí misma en el espejo y he tomado la ÚNICA decisión lógica en semejantes circunstancias.

YO, ¡FORRANDO INGENIOSAMENTE EL DIARIO CON TELA PARA QUE NADIE LO RECONOZCA!

¡SÍ, lo sé! Además de GUAPA, ¡soy un GENIO! ¡¡ 😊 !!

He tardado DOS horas en forrar el diario con la tela de leopardo de mi nueva blusa de diseño.

Y estoy francamente impresionada con lo FANTÁSTICA que ha quedado.

La experiencia ha sido tan emocionante e inspiradora ¡que me he puesto a ~~sudar~~ BRILLAR!

Luego he vuelto corriendo al centro comercial (¡menos mal que aún no habían cerrado!) y he comprado otra blusa de marca, unos pantalones de cuero negros, unas botas y unas gafas de sol.

¡Porque mañana pienso enseñar ~~te~~ mi nuevo diario a TODO EL MUNDO en el insti!

¡¡BIEN POR MÍ!! ¡☺!

En fin, aunque tu diario solo cubría nueve días de abril, hay una cosa que queda muy clara, Nikki...

¡ESTÁS PARA QUE TE ENCIERREN!

De verdad, ¡no puedo creer que haya perdido tiempo de mi vida leyendo todas estas invenciones y patéticos lamentos!

¡¡Todo lo que has escrito es "MacKenzie me ha hecho ESTO o MacKenzie me ha hecho LO OTRO"!! ¡Como si la disfuncional fuera yo!

En serio, ¿#DeQuéVas?

¡Estás DELIRANDO si crees que tú eres la víctima de la historia!

¡Acepta la realidad!

¡Has sentido ENVIDIA COCHINA de mí desde el primer día que me viste y estás OBSESIONADA con ARRUINARME la vida!

Brandon y yo ya seríamos pareja si tú no le hubieras hecho sentir tanta PENA por ti con todas tus tonterías de niñata PEDORRA.

¡Eres peor que MALA, Nikki Maxwell!

Y, con todo lo que MIENTES, ¡deberías plantearte hacer carrera en política!

¡Creo que necesitas ir a mi terapeuta, el doctor Hadley, MUCHO más que yo!

Me doy cuenta de que todo lo que te estoy diciendo puede sonar frío, cruel y mezquino. Pero es pura SINCERIDAD, Nikki.

¡Siento NO sentirlo! ¡¡ ☺ !!

¡¡CHAÍTO!!

Mackenzie

LUNES, 14 DE ABRIL

Querida Nikki:

¡Hoy he tenido un día superEMOCIONANTE!

¿Y el TUYO cómo ha sido, cariño?

NO muy bueno, ¿verdad? ¡Me lo imagino!

Sobre todo porque te he visto ARRASTRÁNDOTE por el instituto como un perrito triste con tus patéticas BFF detrás. Se os veía muy preocupadas y parecía que andabais buscando algo.

¿Qué sería?

¡Pero ya está bien de hablar de TI! ¡Hablemos de MÍ! ¡¡ ☺ !!

¿Qué te ha parecido el nuevo conjunto que he llevado hoy al insti? ¿A que te encanta?

¡Claro! ¡¡Hacía juego con ~~tu~~ MI diario!!

YO, ARROLLADORA CON MI NUEVO
CONJUNTO ¡¡Y UN DIARIO A JUEGO!!

Mis cubiertas de leopardo quedan muchísimo mejor que TUS horteras cubiertas de tela vaquera.

Además, ¡ese bolsillito era TAN infantil!

En fin, Nikki: cuando tú y tus BFF os habéis acercado hoy a la taquilla, yo estaba a unos centímetros, escribiendo en ~~tu~~ MI diario!

¡Oh, cielos! ¡Ha sido SURREALISTA!

Pero, como yo soy una persona muy solidaria y tú estabas a todas luces superpreocupada, te he preguntado si te pasaba algo.

"Disculpa, Nikki, pero, ¿POR QUÉ estás tirando toda tu PORQUERÍA por el pasillo? ¡Esto NO es tu habitación! ¿Se puede saber QUÉ te PASA?", he preguntado con dulzura.

"Perdona, MacKenzie, luego lo recogeremos todo", has dicho, poniendo tus lastimosos ojos en blanco. "Pero ahora mismo estamos ocupadas buscando algo muy importante, ¿vale?".

YO, ¡¡MIRANDO CÓMO BUSCAS
DESESPERADA EL DIARIO PERDIDO!!

"¿Ah, sí? A lo mejor yo te puedo ayudar a encontrarlo. ¿Qué has perdido, Nikki?", he preguntado con la mejor de mis intenciones.

Entonces tú, Chloe y Zoey os habéis mirado nerviosas y os habéis puesto a cuchichear.

"Vaya, es un secreto, ¿verdad?", he preguntado impacientándome. "Venga... ¿QUÉ habéis perdido?".

Y las tres me habéis contestado exactamente al mismo tiempo ...

"¡Los deberes!", ha dicho Zoey.

"¡Un jersey!", ha dicho Chloe.

"¡El móvil!", has dicho tú.

"¡Huy, huy, qué lío!", he exclamado. "¿QUÉ decís que habéis perdido?".

"¡Un jersey!", ha dicho Zoey.

"¡El móvil!", ha dicho Chloe.

"¡Los deberes!", has dicho tú.

¡Era muy obvio que me estabais MINTIENDO!
Pero os he seguido el juego.

"¿Habéis perdido los deberes, un jersey y el
móvil?", he preguntado desconfiada.

Chloe y Zoey han dicho "¡No!" exactamente al
mismo tiempo que tú decías "¡Sí!".

Y entonces Chloe y Zoey han cambiado SU
respuesta a "¡Sí!" exactamente al mismo
tiempo que tú decías "¡No!".

¡Y no te lo pierdas! ENTONCES las tres
os habéis mirado mal y habéis vuelto
a cuchichear. Pero yo os seguía el
juego.

"¡Mira que sois burras!", he dicho. "¡Os estaba
ofreciendo mi ayuda para ENCONTRAR lo que

habéis perdido! Pero como está claro que NO sabéis qué habéis perdido, ¡paso!".

"Gracias, MacKenzie, ¡pero mejor métete en TUS asuntos!", ha dicho la boba de Chloe.

"¡Sí, PODEMOS solas!", ha añadido Zoey.

Eso ha sido la gota que ha colmado el vaso.

"¡Vale, me meteré en MIS asuntos! Espero, Nikki, que lo que has perdido no sea tu estúpido diario, porque si llega a las manos equivocadas, todos tus SUCIOS secretitos saldrán a la luz y el instituto entero sabrá lo FALSA que eres! ¡Brandon, el primero!".

¡Oh, cielos, Nikki! ¡Cuando he dicho la palabra mágica, DIARIO, ha sido como si hubieras visto un fantasma! ¡Tenías que haberte visto la cara! ¡¡Ha sido DIVERTIDÍSIMO!!

Las tres os habéis quedado mirándome alucinadas y boquiabiertas.

Me hubiera encantado sacar el móvil para haceros una foto.

Y luego colgarla en:
#NoTeImaginasLoTontaQueSeTeVe.

¡En fin, tus BFF y tú habéis dejado la taquilla hecha un asco!

Pero algo me dice que SEGUÍS sin encontrar el diario... ¿verdad?

¡¡POBRECITA!! ¡¡ ☺ !!

Bueno, será mejor que vaya a clase.

Me he despistado demasiado y acaba de sonar el timbre.

¡Confieso que esto del diario empieza a ser un poco adictivo!

¡¡CHAÍTO!!

MARTES, 15 DE ABRIL

Querida Nikki:

¡¡Hoy estoy teniendo un día TERRIBLE!! ¡Y todo es por TU culpa! ¡¡☹!!

En el almuerzo me ha costado mucho elegir entre la ensalada de tofu o la hamburguesa de tofu, porque en eso soy muy exigente.

Al final he optado por la ensalada de tofu Teriyaki con aliño de jengibre y miel y un agua con gas Fuente Rica. Me ha ayudado a elegir la enorme mosca que revoloteaba en torno a la hamburguesa. ¡PUAJ! ¡¡☹!!

Cuando me iba a sentar a la mesa de los GPS, he visto a todos mis amigos reírse histéricos con el vídeo de una tipa alucinando porque tenía un bicho en el pelo.

Yo también quería verlo para reírme... hasta que me he dado cuenta de que ¡¡era YO!!

¡¡YO, EN ESTADO DE SHOCK AL VER QUE MIS AMIGOS SE ESTÁN RIENDO DE MÍ!!

De pronto he sentido NÁUSEAS. No por el vídeo, sino por el recuerdo de la mosca revoloteando por la hamburguesa de tofu que he estado a punto de comer! ¡QUÉ ASCO! ¡☹!

¡NO podía creer que mis amigos me apuñalaran así por la espalda! ¡Incluida mi supuesta mejor amiga, Jessica!

¡Nunca en la VIDA me había sentido tan HUMILLADA! ¡Mi reputación en este instituto se ha ido a PASEO!

Estoy tan enfadada que me pondría a...

¡¡GRITAAAAAAAAR!! ¡¡😡!!

Y tú, Nikki, ¿¿quieres saber por qué TE ODIO tanto?!

¿NO? ¿NO quieres saberlo? Pues mira, sabihonda, ¡¡te lo voy a decir DE TODAS FORMAS!! ¡Te aguantas y lees mi lista! ¡¡Y eso que es la CORTA!!

138

¡¡10 RAZONES POR LAS QUE TE ODIO!!

1. ¡¡Hiciste TRAMPA para GANAR el certamen de arte de vanguardia!!

2. ¡¡Te CARGASTE mi fiesta de cumpleaños SABOTEANDO la fuente de chocolate!!

3. En el concurso de TALENTOS ganaste un CONTRATO para grabar un DISCO pese a que tu inscripción estaba INCOMPLETA. (¿Quién llama a su banda "Aún no estamos seguros"?)

4. ¡GANASTE el Festival sobre Hielo cuando NO SABES patinar sobre hielo!

5. ¡¡EMPAPELASTE mi casa con PAPEL higiénico!!

6. ¡Me enredaste para que REBUSCARA en un contenedor lleno de BASURA vestida de marca durante el Baile de San Valentín!

7. ¡BESASTE a mi FN (futuro novio), BRANDON!!

8. Fingiste que el balón prisionero te había hecho mucho DAÑO para que me CASTIGARAN (y me arruinaste cualquier opción de ir a alguna de las grandes universidades).

9. ¡Me pusiste una CHINCHE en el pelo!

Y lo PEOR DE TODO lo acabo de descubrir HOY...

10. Has ARRUINADO mi reputación y me has HUMILLADO, porque ahora TODO el instituto se está pasando ese ESPANTOSO vídeo en el que me da un ataque por culpa del bicho que TÚ me pusiste en el pelo.

¡¡Y NO invento nada de lo que digo!!

¡¡Está muy claro que intentas DESTRUIR mi vida por completo!!

¡Las cosas se han puesto tan feas aquí que UNA de las dos tendrá que MARCHARSE!

O TÚ...

O... ¡¡YO!!

Y si el director Winston no te echa a PATADAS por ARRUINARME LA VIDA...

¡¡YO ME IRÉ A OTRO COLEGIO!!

¡¡Y lo digo muy en serio!! ¡Hasta aquí hemos llegado, Nikki Maxwell! NO voy a permitir que te salgas con la tuya.

¡Confiésalo!

¡Si fueras YO, tú TAMBIÉN te ODIARÍAS! ¡☹!

¡¡CHAÍTO!!

MacKenzie ♡

MIÉRCOLES, 16 DE ABRIL

Querida Nikki:

Estoy tan enfadada que me pondría a...

¡¡GRITAAAAAAAAR!! ¡¡😠!!

¡TODO el instituto ha visto ese vídeo! ¡Y ahora todo el mundo se ríe de mí a mis espaldas.

Las chicas GPS se ríen por lo bajito.

Los chicos GPS se ríen no tan bajito.

Las animadoras se ríen como brujas.

El equipo de fútbol americano se parte.

Los cocineros de la cafetería se mondan.

Odio decirlo, Nikki, pero ¡te he sustituido como la HAZMERREÍR oficial del instituto!

Hoy me ha sorprendido muchísimo veros a ti y tus BFF en el instituto. Creía que estaríais en Nueva York, celebrando la Semana de la Biblioteca Nacional con vuestros autores favoritos.

Pero los últimos rumores cuentan que en el último momento decidisteis regalar el viaje a Marcy, Violet y Jenny para poder quedaros aquí y preparar la gran campaña de recogida de libros de la biblioteca del instituto.

¡Pues mira! ¡Yo no me he creído esa BURDA excusa ni un segundo!

Lo CIERTO es que, en lugar de disfrutar de los increíbles atractivos de la ciudad más DIVINA del mundo, ¡habéis decidido quedaros aquí para arrastraros de un lado a otro deprimidas, rebuscando en las basuras, registrando váteres y buscando por cada rincón en un intento desesperado de encontrar tu precioso DIARIO!

¡Oh, cielos! Lo he sentido tanto por vosotras que CASI derramo una lágrima. Pero he recordado que se me podía correr el rímel, y unos lagrimones negros y pringosos por mi cutis perfecto no quedarían NADA bien.

Por desgracia, Nikki, de momento NO vas a encontrar tu diario. ¿Que POR QUÉ? Pues porque estoy escribiendo en él ahora mismo, sentada a tu lado en clase.

¿A que resulta IRÓNICO? ¡☺!

Y como tú eres responsable en parte de que yo haya tenido un día tan HORRIBLE y MISERABLE, me parece que lo más justo es hacer algo especial para que TÚ puedas sentirte igual.

Por eso te he dado un toque en el hombro y te he dicho en voz baja: "¡Nikki, acabo de ver un libro que se parecía mucho a tu diario! ¡En la biblioteca, creo que en una estantería! O junto a una pila de libros.

TÚ Y TUS BFF, ¡BUSCANDO
TU DIARIO EN LA BIBLIOTECA!

TÚ Y TUS BFF,
¡AÚN BUSCANDO TU DIARIO
SEIS HORAS DESPUÉS! ¡¡ 😊 !!

Sí, soy consciente de que engañarte para que pases un montón de horas buscando en vano tu diario en la biblioteca ha sido una broma cruel y despiadada.

Pero ¿te recuerdo todas las cosas FEAS que has hecho TÚ para humillarme a MÍ?

Para empezar, hiciste TRAMPA para ganar el certamen de arte de vanguardia. Eres una artista, sí ¡pero del engaño! ¡☹!

Aquel penoso espectáculo tuyo pintando tatuajes no sería arte precisamente.

¡Todo el mundo sabe que debería haber ganado yo!

Mi brillante aportación podía haber cambiado el mundo de la moda actual.

¡¡Mi revolucionario concepto os habría permitido a TI y a otros INCAPACITADOS para la moda CAMBIOS DE IMAGEN INSTANTÁNEOS!!

MIS KITS DE CAMBIO DE IMAGEN
INSTANTÁNEO "FABULETERNOS"

148

Mis kits son PERFECTOS para la chica guapa y moderna que fue CRUELMENTE engañada para buscar en un ASQUEROSO contenedor de basura una joya inexistente durante el Baile de San Valentín.

¡Una chica como YO! ¡¡☹!!

Así, si huele a zumo de contenedor de tres semanas y tiene una piel de plátano podrida y pringosa pegada a la cara, ¡se le puede rociar a ella y a su kit Fabuleterno con detergente y aclarar con una manguera en el patio de su casa!

¡Podría haber ganado MILLONES con esta idea y convertirme en una de las primeras diseñadoras del mundo! ¡Pero no!
¡Y todo por TU culpa, Nikki! ¡¡☹!!

En fin, me he fijado en que Brandon y tú prácticamente no os habláis desde que estás tan obsesionada con encontrar tu diario perdido.

Debe de ser desolador ver cómo tu amistad con él se ha ido encogiendo hasta MORIR como un caracol que se ha secado al sol.

No me extraña que se te vea tan triste y deprimida.

No encuentro palabras para expresar las intensas emociones que siento ahora mismo.

Excepto quizá... ¡¡BIEN POR MÍ!! ¡☺!

¡Siento NO sentirlo!

Pero no te frustres demasiado por no encontrar tu diario. Se me ocurren un montón de sitios geniales donde mandarte a buscarlo.

¡¡CHAÍTO!!

MacKenzie

JUEVES, 17 DE ABRIL

Querida Nikki:

¡Tengo noticias excelentes!

¡Por fin he encontrado el colegio PERFECTO!

¡¡Ahora solo me falta convencer a mis padres para que me dejen cambiar!!

¡No puedo creer que esta vaya a ser mi última semana en este instituto tan PATÉTICO!

¡¡BIEN POR MÍ!! ¡ 😊 !

¡La Academia Internacional North Hampton Hills es uno de los colegios privados más prestigiosos del país!

Y está a tan solo veintisiete minutos de mi casa. O a diez, si papá me deja ir en nuestro helicóptero privado.

En lugar de deportes sudorosos y apestosos como el fútbol americano y el baloncesto, aquí tienen deportes con mucho ESTILO, como la vela, la hípica, la esgrima y el polo.

Y casi todos los alumnos salen cada año al extranjero. Y no es para darte celos, pero puede que este verano lo pase en PARÍS. ¡¡☺!!

¡¡BIEN POR MÍ!! ¡☺!

Y como voy a tener muchos amigos de lo más, ya estoy impaciente por montar una gran fiesta de cumpleaños en el club de campo e invitarlos a todos.

¡¡Menos mal que TÚ no estarás para SABOTEARME la fiesta como la última vez!!

¡Fui la primera persona del instituto que invitó a una MUTANTE de ALCANTARILLA como tú a una fiesta!

¡¡¿Y cómo recompensaste mi generosidad?!! ¡¡☹!!

Te podría perdonar por zamparte todos los entrantes de mi fiesta como un animal de corral hambriento.

Ya sé que te encantan las alitas de pollo porque llenan el vacío de tu vida miserable.

Pero para pollo el que montaste con la fuente de chocolate.

Por el instituto corre un rumor malintencionado de que mi ex-BFF, Jessica, hizo caer a propósito tu plato de fruta en la fuente de chocolate para llenar de salpicaduras tu vestido nuevo, con MALA idea.

¡Pero eso es una PURA mentira!

Jessica me ha jurado por SNOOPY que vio cómo TU vestido quedaba salpicado cuando ¡¡TÚ echaste en secreto porquerías a la fuente para sabotearla y que se estropeara!!

TÚ, EN MI FIESTA, ¡¡SABOTEANDO LA FUENTE DE CHOCOLATE!!

¿POR QUÉ? ¡Por la envidia de que yo con mi vestido Dior estuviera mil veces más guapa que tú con aquel trapo de cocina!

Pero, Nikki, ¿¡ser tan CRUEL como para cubrirme de chocolate justo cuando me fotografiaban para las PÁGINAS de SOCIEDAD?!

YO, ¡¡SIN PODER CREER QUE _TÚ_ HABÍAS ARRUINADO MI FIESTA DE CUMPLEAÑOS!!

¡Tenía tanto chocolate encima que me sentía como una trufa con PATAS!

¡Todo el mundo empezó a REÍR y a sacarme FOTOS con los móviles!

¡¡Fue HORRIBLE!! ¡Por una vez fui CASI tan IMPOPULAR como TÚ!

Estaba tan FURIOSA que quería...

¡¡GRITAAAAAAAAR!! ¡¡☹!!

¡¡Tuviste suerte al irte de la fiesta a tiempo!! Si no, hubieras sabido lo que significa de verdad eso que llaman "muerte por chocolate". ¡☹!

Ahora te haré una pregunta personal sobre algo que escribiste en el diario:

¡¿CÓMO se te ocurre apuntar tu NOMBRE de USUARIO y CONTRASEÑA?! ¿No pensaste que alguna persona emocionalmente trastornada podría robártelo, leerlo y encontrar de pronto ahí esta información confidencial?

Y, si esa persona está un poco DESCONTROLADA, podría entrar en la sección de consejos de la Señorita Sabelotodo que escribes en SECRETO para el periódico del instituto (¡según tu diario!). ¡Podría sembrar el CAOS TOTAL entre todos los alumnos del centro! Con un par de clics, ¡¡el mundo tal y como lo conoces quedaría completamente destrozado!!

Y encima te culparían a TI de ciberacoso, te expulsarían del centro y...

¡¡UN MOMENTO!! ¡¡¡¿CÓMO?!!! ¡NO! ¡¡¡¡¡NO PUEDE SER VERDAD!!!!!

¡¡¿¿TÚ ERES la SEÑORITA SABELOTODO??!!

¡¡¿¿¿Y ESTA es tu CONTRASEÑA???!!!

¿CÓMO TE LO DIRÍA...?

YO, EN LA CUENTA DE LA
SEÑORITA SABELOTODO,
¡¡OFRECIÉNDOME EN SECRETO
A AYUDARTE CON TU SECCIÓN!!

En fin, deberías estarme agradecida por AVISARTE de que algún PSICÓPATA podría robar tu nombre de usuario y contraseña, entrar en la cuenta de la Señorita Sabelotodo y SEMBRAR EL CAOS entre todos los alumnos del centro.

Has tenido mucha SUERTE de que haya sido yo, MACKENZIE HOLLISTER, la que ha tropezado con esa información.

En lugar de alguna REINA DEL MELODRAMA desquiciada, rencorosa y ladrona de diarios.

¡¡CHAÍTO!!

VIERNES, 18 DE ABRIL

Querida Nikki:

¡UOOAAAY!

Perdona el bostezo, hoy estoy muy cansada.

¿Quieres saber por qué, cariño?

Porque me quedé levantada hasta muy tarde contestando las cartas de los PRINGADOS que escriben a la Señorita Sabelotodo.

Confieso que me sorprendió bastante lo que leí. No sospechaba que los alumnos de este centro ¡podían tener vidas tan PATÉTICAS!

Estoy supernerviosa con la SORPRESA que te he preparado para el lunes 28 de abril. ¡¡☺!!

Y cuando el director Winston lea la sección de Señorita Sabelotodo que te he ayudado a escribir en secreto, ¡¡se pondrá FURIOSO!!

¡Te van a EXPULSAR por CIBERACOSO en menos de lo que canta un gallo!

En fin, te he copiado aquí dos de mis cartas favoritas y el consejo que les di:

* * * * * * * * * * * * * * *

Querida Señorita Sabelotodo:

Me esforcé mucho para entrar este año en el equipo de animadoras, pero mis compañeras me tratan como si no fuera una de ellas. Casi nunca me toca animar ni bailar.

La capitana solo me llama para hacer la pirámide, ¡y siempre me coloca abajo! Tengo que aguantar sobre mi espalda a un montón de chicas, y duele un montón. Encima, si pierdo el equilibrio, ¡se derrumba toda la pirámide y todas me echan la culpa a mí!

Estoy harta de ser pisoteada por tantas chicas. ¡Literalmente! No sé qué he hecho para merecer este trato, ¡pero es bastante obvio que les caigo fatal! ☹

¡Estoy muy deprimida! No sé si debería dejarlo, enfrentarme a mis compañeras o quedarme calladita para no empeorar las cosas. No quiero abandonar mi sueño de ser animadora el año que viene. ¿Qué me aconsejas?

—Animadora Desanimada:

* * * * * * * * * * * * * *

Querida Animadora Desanimada,

Cariño . . . Creo que vas muy engañada si crees que entraste como animadora por tus dotes de baile. Tengo una fuente muy fiable dentro del equipo que me cuenta que tu rutina de entrada era ES-PAN-TO-SA. ¡Dice que no sabía si estabas intentando bailar o sufrías convulsiones!

Tus volteretas eran de PANDERETA y la rueda la hacías PINCHADA, y los aterrizajes parecían

dignos de ATERRIZA COMO PUEDAS. ¿Lo
pillas?

¡La única razón por la que fuiste seleccionada
es por tu aspecto de ogro robusto que puede
llevar mucho peso! Siempre ha sido así: las
capitanas de los equipos de animadoras eligen
a dedo chicas fuertes y feas para la base de la
pirámide. ¿¿De verdad no lo sabías??

¡Deja de tomártelo todo tan personalmente!
¡Limítate a aceptar que a ti te corresponde estar
en la base, querida! Deberías llevar tu cabeza
verde de Fiona de Shrek bien alta, contenta de
que alguien te haya querido para algo. (¡No creo que
te pase muy a menudo!) ¡Bien por ti!

Atentamente,
Señorita Sabelotodo

P. D.: Mi fuente quiere que dejes de bailar. ¡Dice
que les produces TERRORES NOCTURNOS!

* * * * * * * * * * * * * *

¡Oh, cielos!, ¡¡qué carta más perversa!! ¡¡ 🙂 !!

La siguiente carta me tocó la fibra. Ser cruel con este pobre chico se me hizo muy difícil, porque parecía estar pasándolo muy mal.

De hecho, me dio tanta pena que le envié mi respuesta anoche por e-mail.

*   *   *   *   *   *   *   *   *   *   *

Querida Señorita Sabelotodo:

Tengo una buena amiga que es inteligente, divertida y simpática.

Pero últimamente no nos estamos entendiendo y todo es por MI culpa. Entre un rumor malintencionado que corre por el instituto y el hecho de que le cuento muy pocas cosas de mi vida personal, no confía en mí. Y no me extraña.

164

Cuando me acerco a hablarle en clase, la veo
triste y con la cabeza en otra parte, como si
algo la obsesionara. Empieza a preocuparme,
y echo de menos nuestra amistad.

¿Qué puedo hacer para arreglarlo?

—*Amigo Algo Patético*

* * * * * * * * * * * * * *

Querido Amigo Algo Patético:

¡Parece que estás hecho un verdadero lío,
chaval!

Por la forma en la que se comporta tu amiga,
puede que ya sea un poco tarde para salvar la
relación. Yo diría que le interesas tanto como un
helado a un esquimal.

¡Tienes que hacerle saber tu interés lo antes
posible! Pero NO con un mensaje de móvil o de
mail rápido e impersonal.

Obviamente hablar contigo le incomoda, no la presiones. Te sugiero que escribas una carta de disculpa sincera y la pegues a su casilla justo antes de clase para ver cómo reacciona. Y no olvides citarla al salir del instituto en algún lugar con estilo para hablar. Pista: ¡casi todas las chicas ADORAN la pastelería Dulces Cupcakes!

Si se presenta, significará que le importas y podrás considerarte afortunado de tener una amistad muy especial. ¡Olé! ¡¡🙂!!

Pero, si no se presenta, significa que aún está mosqueada contigo y que posiblemente ni siquiera le importabas un pepino al principio. Entonces mi consejo es que pases página.

Porque, chaval, hay chicas para dar y tomar. ¡Sin ir más lejos, YO misma! ¡¡🙂!!

Atentamente,
Señorita Sabelotodo

* * * * * * * * * * * * *

¡Oh, cielos! Nikki, ¿estás pensando lo mismo que yo?

¡Es muy posible que esta carta sea de TU amor secreto Brandon! ¡BIEN POR TI! ¡¡ 🙂 !!

Si fuera así, ¡confieso que me pone un poco celosa que Brandon escribiera a la Señorita Sabelotodo sobre TI y no sobre MÍ!

Veo que, por desgracia, le importas de verdad, ¡a pesar de que seas una completa PRINGADA!

¡Pero a veces la vida NO es justa y hay quien tiene cosas que NO se merece!

La mayoría de alumnos se tienen que esforzar mucho para sacar buenas notas.

Otros tienen talento natural... ¡como YO!

Luego hay gente que trepa hasta arriba a base de ENGAÑAR a todos... ¡como TÚ!

AÚN estoy traumatizada con lo del concurso de talentos.

¡Mi grupo de baile, Mac's Maniacs, GANÓ gracias a mis dotes increíbles, mi estilo fuera de serie y mi fenomenal coreografía!

¡Lo PETAMOS!

Tu banda de PEDORROS, "Aún no estamos seguros", ¡era una BROMA de mal gusto!

De verdad, Nikki, ¡cantaste como un pato mareado y con diarrea!

Pero, aunque yo te vencí sobre el escenario, fuiste TÚ la que se convirtió en una celebrity local, princesa del pop adolescente y protagonista de su propio programa de reality.

¡¿PERDONA?! ¡¿CÓMO es posible?!

Está claro que NO eres lo bastante guapa como para triunfar solo por tu físico, como pasa con tantas cantantes de pop que no tienen el menor oído musical.

¡Pero yo sé cuál es tu secreto!

¡Eres una MAESTRA de la MANIPULACIÓN!

¡Le LAVAS EL CEREBRO a la gente para que te den todo lo que quieres!

¡O les das PENA para que se sientan muy CULPABLES y te den todo lo que quieres!

Pues, mira, disfruta de tus quince minutos de fama mientras puedas, ¡POSTURERA SIN TALENTO y MENTIROSA!

Pero ya te digo una cosa: ¡NUNCA te invitarán a una entrega de los PREMIOS GRAMMY!

¡¡Como no sea para exterminar las MOSCAS, PULGAS y PIOJOS de esos rockeros pasados de moda que llevan dos años sin bañarse!!

TÚ, ¡FUMIGANDO ROCKEROS
DURANTE LOS GRAMMY!

Pensar en todo esto me vuelve tan loca de rabia que me pondría a...

¡¡GRITAAAAAAAAR!! ¡¡😡!!

¡¡Pero no pienso volverme LOCA!!

¡Lo que haré es VENGARME! ¡¡😊!!

¡Ayudándote con TU sección de la Señorita Sabelotodo!

Y para demostrarte qué gran trabajo hago, cada día compartiré contigo algunas de mis mejores cartas SUPERPERVERSAS.

¡¡CHAÍTO!!

MacKenzie

SÁBADO, 19 DE ABRIL

Querida Nikki:

¡Oh, cielos! ¡Ayer creía que iba a EXPLOTAR de emoción! ¡NUNCA adivinarías lo que me pasó!

No, no fui al centro comercial a comprarte ropa para renovar ese armario que tienes lleno de oportunidades del hipermercado.

¡¡No me puedes ENGAÑAR, Nikki!!

¡Juro que vi tus VAQUEROS junto al estante de pañales para adultos cuando pasé por allí a comprar más brillo de labios!

Da igual. ¿Recuerdas aquella carta que escribí y envié a AMIGO ALGO PATÉTICO?

Pues adivina qué he encontrado pegado a tu taquilla antes de la clase de bío... ¡¡Y adivina de QUIÉN era!!

Vale, reconozco que me ~~irrita un poco~~ PONE
FURIOSA que al parecer Brandon te adore
tanto.

Pero ¿¿acaso tengo yo la culpa?!

¡¡Debería ser MI novio!!

¡Es cierto! ¡Me quedé completamente HUNDIDA
cuando vi a Brandon besarte en aquel acto
benéfico!

Pero luego tuve una visión y comprendí
perfectamente por qué lo hizo.

Brandon es una persona amable, solidaria
y compasiva.

Y esa debe de ser la razón por la que me
ignora por completo y prefiere estar cada
día después de clase con todas esas bolas de
pelo molestas e infestadas de pulgas
del refugio Fuzzy Friends.

También es muy enrollado, supermono e increíblemente maduro para su edad.

Porque, si no, ia ver cuántos chicos encuentras dispuestos a besar por OBLIGACIÓN una cara de BURRA como la tuya para salvar a los niños necesitados del mundo!

BRANDON, ¡¡¡BESÁNDOTE LA CARA DE BURRA SOLO PARA SALVAR A LOS NIÑOS NECESITADOS DEL MUNDO!!!

Entonces ~~tomé~~ Oí el rumor malintencionado de que el beso de Brandon era una APUESTA para conseguir una pizza de Queasy Cheesy.

Por eso, Nikki, espero que entiendas que su beso no significó absolutamente nada. ¡Brandon y yo estamos hechos el uno para el otro! Lo que pasa es que él aún no lo sabe.

Y, aunque no lo merezcas, ¡PIENSO invitarte a NUESTRA boda cuando nos casemos dentro de diez años!

Para Brandon y para mí será TODO un honor que aceptes ser nuestra invitada especial y participes en la ceremonia.

¡Oh, cielos! ¡Será tan romántico cuando soltemos un centenar de palomas como símbolo de nuestro amor para que surquen los cielos del horizonte infinito!

Y, Nikki, en un día tan especial a ti te necesitaremos DELANTE con nosotros...

¡¡...PARA QUE LIMPIES LAS CACAS
DE TANTO PÁJARO!!

¡Sí, Nikki! ¡El día de mi boda me vengaré POR FIN de ti por hacerme limpiar esas asquerosas duchas del instituto! ¡Fueron los tres días MÁS LARGOS de toda mi VIDA!

¡DE VERDAD! ¡Aquel lugar era una PESADILLA repulsiva INFESTADA de moho y bichos! ¡¡Allí había más especies de INSECTOS que en toda la selva amazónica!!

¡Saqué tanto PELO de los desagües que podía haber montado una tienda de extensiones! ¡Y casi vomito cuando encontré una bola de pelo del tamaño de una rata!

Y siento decírtelo, Nikki, pero MacKenzie Hollister ¡NO LIMPIA!

No es para darte celos, pero he tenido una CRIADA limpiando lo que yo ensucio desde que cumplí tres meses.

¡¡Yo creía que bastaba con apretar la botella del limpiador y saldría el señor calvo del

anuncio y se encargaría de hacer todo el
trabajo sucio!!

¡Pero NO apareció! ¡Eso me confundió MUCHO!

Y, claro, me quedé allí unas dos horas
LLORANDO sobre el CUBO hasta que mi
MALVADA profa de EF hizo acto de presencia
ii y se puso a GRITARME!!

Y cuando le expliqué que el señor calvo
no había aparecido para ayudarme a limpiar,
iidijo que hablaba sin sentido y me envió a
la enfermería por si había respirado vapores
tóxicos!!

AÚN ahora, sigo oliendo en mis manos aquella
mezcla pestilente de amoníaco, moho y "aroma
a limón". ii y es todo por TU culpa, Nikki!!

Por eso cuando he visto la carta de Brandon
en la taquilla he hecho lo que haría cualquier
pobre chica que sufriera de un Síndrome Severo
de Estrés Poscastigo...

YO, ROBÁNDOTE LA CARTA
DEBIDO AL SÍNDROME DE ESTRÉS
POSCASTIGO

En fin, cuando estábamos en clase escuchando a la profa de bio enrollarse sobre, er... ¿...?

Pues no tengo NI IDEA de qué hablaba la pesada de la profa. ¡No he oído ni una sola palabra de lo que ha dicho porque estaba completamente distraída LEYENDO la carta que te había escrito Brandon.

¡Oh, cielos! ¡Era tan ASQUEROSAMENTE dulce, sincera y estaba tan arrepentido que casi vomito la hamburguesa de tofu que había almorzado!

¡Para mí ha sido muy difícil sentarme en la clase y veros a ti y a Brandon actuar como dos TORTOLITOS enamorados!

No ha dejado de mirarte NI UN segundo, preguntándose si habías leído su carta.

Pero tú, claro, lo has IGNORADO por completo como si fuera un CHICLE gigante que alguien hubiera masticado y pegado debajo de tu mesa.

YO, ¡¡LEYENDO LA CARTA DE BRANDON
MIENTRAS ÉL TE MIRA A TI Y
TÚ LO IGNORAS POR COMPLETO!!

¡Oh, cielos! Todo esto me ha FRUSTRADO y me ha hecho ENFADAR tanto que quería...

¡¡GRITAAAAAAAAR!! ¡¡☹!!

Pero, claro, no podía ¡porque me habrían vuelto a CASTIGAR! y el director Winston me obligaría a limpiar aquellas asquerosas duchas OTRA VEZ. ¡¡☹!!

¡PERDONA! Pero aún sufro un Síndrome Severo de Estrés Poscastigo a consecuencia de mi ÚLTIMO castigo, ¡y la culpa solo la tienes TÚ!

En fin, Nikki, lo bueno es que ¡¡todo ha salido según mis planes!! ¡BIEN POR MÍ! ¡¡☺!!

¡Brandon estaba tan desesperado por hacer las paces que ha seguido al pie de la letra todos los consejos de la Señorita Sabelotodo!

Y como tú nunca has recibido la carta que te dejó en la taquilla...

¡TE HA ESTADO ESPERANDO DOS HORAS PACIENTEMENTE EN DULCES CUPCAKES Y NO TE HAS PRESENTADO!

Cuando al final se ha rendido y se ha marchado, se le veía realmente DEPRIMIDO.

¡Me ha dado MUCHA pena, el pobre!

Era evidente que estaba DESTROZADO.

Probablemente porque la Señorita Sabelotodo le había dicho que, si su amiga (¡TÚ!) no se molestaba en presentarse en Dulces Cupcakes después de recibir su carta, significaría que...

1. ¡PASABA mucho de él! O...

2. NUNCA le había importado un pepino.

¡¡Sí, lo sé!! ¡A ti NUNCA te llegó la carta!

¡¡UPS!! ¡¡PERDÓN!! ¡¡ ☺ !!

¡Siento NO sentirlo!

Pero no te preocupes, Nikki.

La pena y la rabia que siente ahora el pobre Brandon no durarán siempre.

Quizás algún día te perdone por partirle el corazón, arrojarlo al suelo y pisotearlo a fondo con tus zapatillas altas de color rosa pedorra.

¡¡CHAÍTO!!

MacKenzie

MI CARTA DE LA SEÑORITA SABELOTODO MÁS PERVERSA DEL DÍA

Querida Señorita Sabelotodo:

¿Podría enamorarse un chico popular de una cerebrito? Hay uno en clase de química que me gusta mucho, pero nos movemos por distintos ambientes. Sus amigos son atletas y animadoras, y los míos están en el club de ajedrez.

Él es muy majo y compartimos intereses. Pero con sus amigos todo se estropea. Se meten conmigo e intentan convencerle de que soy una pringada. Aunque él me defiende, ¡temo que algún día también lo piense!

Ayer me preguntó si quería estudiar con él en la biblioteca ¡y casi me MUERO! Creo que le gusto como amiga, pero no sé si le "gusto-gusto". Yo quiero creer que sí, pero mis amigas son escépticas porque dicen que los chicos populares nunca salen fuera de su tribu.

¿Tienen razón o crees que tengo alguna posibilidad?

—*Chica Friki*

* * * * * * * * * * * * * * *

Querida Chica Friki:

¿¿Me tomas el pelo?? ¡Baja de tu nube en Internet, chica! ¡No le interesas para nada, cielito!

Tienes que salir de vez en cuando de *El señor de los anillos* y aprender que la realidad y la fantasía son dos cosas distintas. El amor no es ciego ¡y los populares y los frikis NO se mezclan! Si se llevaran bien, no harían falta tribus. ¿Y te imaginas lo horrible que sería el mundo sin ellas? ¿De quién me burlaría yo?

Además, tus amigas hacen bien en pincharte la burbuja. ¡Tú no le gustas a ningún chico! Lo de la cita en la biblioteca es porque quiere estudiar contigo para mejorar sus notas. Si lo prefieres te lo digo en frikés: ¡está utilizándote como a un peón de ajedrez! ¡#Jaquemate!

Lo siento, pero preveo para ti un futuro sin romances. Si eres tan lista, ¿por qué no te lo has imaginado ya tu solita? ¡Tengo cosas mejores que hacer que perder el tiempo con estas cartas absurdas! Ahora, si me perdonas, me voy a hacer la manicura.

¡¡CHAÍTO!!
Sabelotodo

DOMINGO, 20 DE ABRIL

Querida Nikki:

¡Estoy TAN emocionada! Mañana por la noche papá volverá de su viaje de negocios.

He pensado que les ~~diré~~ ROGARÉ a mis padres que me dejen ir a la Academia Internacional North Hampton Hills.

Hoy le he pedido a Nelson que me llevara al centro comercial para comprar el uniforme.

El problema es que solo me quedaban 293 de los 500 dólares de mi asignación mensual para ropa. ¡¡☹!! Y tenía que comprar también un bolso, algo de bisutería cara y accesorios de pelo a juego.

Por eso, cuando mamá me ha dado 100 dólares para que cuidase de la mimada de mi hermana Amanda mientras ella iba con sus amigas al club de campo, NO he montado la escena habitual.

¡AMANDA Y YO SUBIENDO A LA LIMUSINA PARA IR A COMPRAR MI NUEVO UNIFORME!

En el centro comercial hemos bajado por las escaleras automáticas a los grandes almacenes exclusivos donde venden los uniformes.

"¡Me encanta, me encanta y me encanta ir de compras!", ha chillado Amanda. "¡Yo quiero un bolso de la Princesa Hada de Azúcar!".

"¡No, Amanda, no lo has entendido. Soy YO la que va de compras, no TÚ!", le he explicado.

"¡YO quiero comprar!", ha dicho dando una patada contra el suelo. "¡Si no, VAS A VER...!".

"¡¿PERDONA?! ¿Y QUÉ vas a hacer? ¿Te harás pipí encima?", le he dicho con sarcasmo.

Y entonces Amanda se ha puesto a respirar muy fuerte, acompañada de hipo y tics varios. ¿Había dicho que mi hermana pequeña es la REINA de las rabietas?

Cuando su estridente voz ha rebotado por el centro comercial, todos nos han mirado.

¡Oh, cielos! ¡¡Menuda VERGÜENZA!!

"¡Amanda!", he dicho. "¡Calla antes de que los de seguridad nos echen del centro comercial!". ¡Pero entonces ha gritado más FUERTE!

¡Menos mal que yo sé cómo tratar a esta niña MIMADA! Me la he llevado de la mano directamente hasta el CASTILLO DE GOLOPARK, pasando de largo JugueteCity y Cachorrolandia. En cuanto ha visto el parque, ¡ha dejado de llorar y ha chillado de alegría! ¡Bien por los períodos de atención breves!

"Puedes quedarte a jugar aquí mientras voy de compras, Amanda. Si me necesitas, estaré en aquella tienda probándome ropa en los probadores de las cortinas rosas", le he dicho señalando a unos veinte metros de allí. "Ni se te ocurra salir del parque. Te estaré vigilando desde el probador."

"¡Vale, vale!", ha dicho Amanda mientras iba corriendo hacia el tobogán.

Antes de criticarme por dejar a Amanda en el parque, ponte en MI ~~pellejo~~ brillo de labios.

¿Cómo iba a concentrarme en buscar el uniforme y unos accesorios bonitos con ella al lado gritando como una loca mimada?

NO iba a arriesgarme a un error de moda con todo un colegio nuevo por impresionar.

En fin, cuando he entrado en la tienda, ¡había llegado la nueva temporada de verano!

¡Tenía que probarme alguna cosa!

Casi sin darme cuenta, el probador estaba lleno de prendas.

No podía parar porque ¡TODO me quedaba ESTUPENDO!

"Disculpe... creo que ya se ha probado todo lo que tenemos en las secciones de adolescentes, marcas, vestidos de graduación,

trajes de baño y calzado!", ha murmurado la
empleada. "¿Va a comprar alguna de estas
prendas hoy?".

"¡No, gracias! Estaba haciendo una probatón!",
he contestado. "Solo he venido a buscar un
uniforme de la academia North Hampton Hills.
¡Ya puede devolver a su sitio todo lo demás!".

No sé qué le pasaba a la pobre mujer, pero
ha empezado a poner la misma mala cara que
pone Amanda cuando se enfada.

"Por supuesto", ha dicho entre dientes. "Voy a
buscar la furgoneta y enseguida vuelvo".

Recordatorio: ¡Hacer que la despidan y
demandar a la tienda!

De pronto ha aparecido una cabeza suelta en
mi probador.

¡Oh, cielos! ¡Del SUSTO que me ha dado casi se
me cae el rímel!

ERA AMANDA, QUE HA VENIDO
A DARME UNA OPINIÓN
¡¡QUE NADIE LE HA PEDIDO!!

"¡SOCORRO! ¡Hay una RATA peluda!", he gritado mientras me subía a la silla. "¡Ah! Eras tú, Amanda. Perdón".

"¿Ah, sí! ¡Pues tú pareces una CERDITA con brillo de labios y uniforme!", me ha soltado.

"¿Por qué no vuelves al Castillo de Golopark y te caes por un tobogán?", le he dicho tirándole un calcetín a la cabeza.

"He venido a buscar un pañuelo porque tengo mocos", ha dicho Amanda. "Lo busco en tu bolso, ¿vale?".

"Lo que quieras, pero ¡deja de CHINCHARME!", he contestado. "¡Este estrés hace que me salgan arrugas!". Me he mirado en el espejo con alivio: "Falsa alarma. SIGO siendo guapísima".

Amanda ha cogido el bolso y lo ha puesto boca abajo, y todas mis cosas se han caído al suelo.

"Pero ¡¿QUÉ haces?!", he gritado.

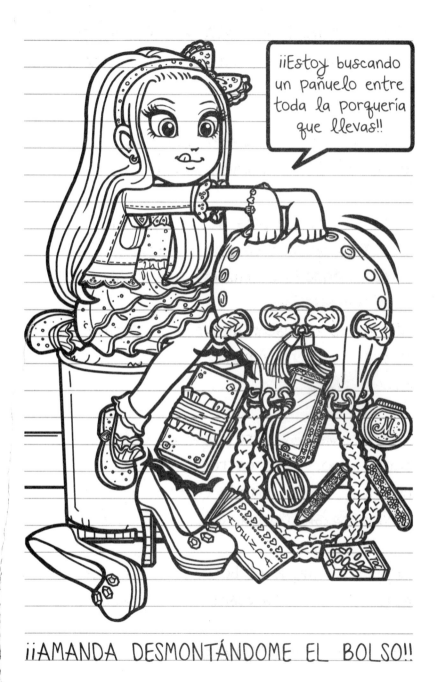

¡¡AMANDA DESMONTÁNDOME EL BOLSO!!

He ignorado a la niñata y he seguido
admirándome en el espejo con mi nuevo
uniforme. No había duda: ¡¡LO PETABA!!

"¡Gracias, MacKenzie!", ha dicho abrazándome Amanda. "¡Eres la MEJOR hermana mayor que hay! ¡Te QUIERO! ¡Pásalo bien! ¡Adiós!".

A ver, la verdad es que eso era raro. Tanto agradecimiento por un pañuelo...

¡He encontrado un bolso de cuero y cuadros escoceses que iba PERFECTAMENTE con la falda! ¡También he encontrado bisutería y complementos de pelo ideales! Y lo mejor es que todo estaba de oferta.

¡¡BIEN POR MÍ!! ¡☺!

La empleada de caja estaba superamable. "Tengo un sobrino y una sobrina que van a North Hampton Hills. ¡Te va a ENCANTAR!", ha dicho cuando le he contado que me cambiaba de centro.

Me ha envuelto todos los artículos, los ha colocado en una bolsa enorme y me la ha tendido.

"Aquí tienes. En total, son 357 dólares. ¿En efectivo o con tarjeta?".

"En efectivo, por favor", he dicho mientras buscaba el monedero. Pero, extrañamente, no lo encontraba. He sonreído nerviosa a la empleada y he colocado el bolso sobre el mostrador para volver a registrarlo. El monedero no estaba.

En un ataque de pánico, he vaciado el bolso. Faltaba el monedero. "¡Oh, cielos!", he gritado. "¡No encuentro el monedero!".

La empleada me ha mirado mal y me ha arrancado la bolsa de las manos como si yo fuera a salir corriendo con ella.

"ESTO me lo quedo hasta que encuentres lo que has... perdido", ha dicho con retintín.

¡¿PERDONA?! ¡Si yo quisiera, mi PAPÁ podría comprarme una FÁBRICA de UNIFORMES!", le he soltado.

Me ha lanzado una mirada asesina. "Pues no sé cómo tu papá te puede comprar una fábrica si no puede pagar 357 dólares por estos artículos que intentabas sacar de la tienda. ¡Estoy por llamar a los de SEGURIDAD!".

Recordatorio: Hacer que despidan a ESTA mujer con la de antes. ¡Y demandar a la tienda!

"Mm, quizá se me ha caído en el probador", he mascullado mientras volvía a meterlo todo en el bolso.

De pronto he tocado un pañuelo de papel frío y MOJADO. "¡PUAJ! ¿Qué hace esto aquí?".

"¡OH, NO! ¿¡Amanda?!", he gritado mientras salía corriendo de la tienda. "¡AMANDAAAA!".

Amanda estaba sentada dentro de la torre del castillo con una sonrisa malévola.

"¡Amanda! ¡Baja AHORA mismo y ven aquí!".

Mientras bajaba despacio he visto que llevaba un bolso de lona grande con pedrería.

"¡Devuélveme el monedero!", he aullado.

Ha abierto una cremallera de su bolso, ha sacado mi monedero y me lo ha lanzado.

"Si no fueras mi hermana, te denunciaría! ¿De dónde has sacado el dinero para comprar eso? ¡Espero que la respuesta sea que has vuelto a romper tu hucha de cerdito!".

Amanda me ha mirado cruzándose de brazos.

He abierto el monedero y me he quedado patidifusa. ¡Solo quedaban tres dólares!

¡Oh, cielos, Amanda! ¡Me has ROBADO el monedero y te has GASTADO todo mi dinero!! ¡¡Eres una mocosa... LADRONA!!".

"¡Lo he cogido prestado! Te lo devolveré cuando llegue mi cumpleaños y me den un montón de dinero". Y se ha encogido de hombros. "¡O también podría vender mi colección de Barbies en eBay! ¡Otra vez!".

"¡Tu cumpleaños es dentro de diez meses!", he gritado. "¡Y el uniforme tengo que pagarlo HOY!".

"Pero, MacKenzie, ¡mira qué bolso tan estupendo!", ha dicho. "¿Qué te parece? ¡¿Te encanta o te ENCAAANNNTA?!".

"Aunque admiro tu gusto tan sofisticado para los bolsos italianos de imitación, gusto que obviamente has heredado de mí, ahora mismo tienes un gran PROBLEMA", le he gruñido. "¡Toma mi monedero vacío, ve a devolver el bolso y llénamelo otra vez! O le diré a papá lo que has hecho y te castigará sin salir hasta que cumplas diez años. ¿Me has entendido?".

"¡GUP!".

"¿CÓMO? ¿Eso es 'sí'?", le he preguntado.

"¡No! Er... Quiero decir... ¡sí!", ha balbuceado ella.

"¡GUP! ¡GUP!".

La he escudriñado con la mirada.

"Es que a veces cuando me pongo nerviosa se me escapan sonidos raros", ha explicado. "'Gup' significa 'sí'. Gup, lo he entendido".

"¡GUP-GUP! ¡GUP!".

Lo he vuelto a oír, pero esta vez sabía que no era ella. De hecho, parecía salir de dentro de su bolso nuevo.

"Er... ¡gup! ¡gup! ¡gup!", ha ladrado Amanda mientras la bolsa empezaba a moverse.

De repente se ha levantado una solapa y ha salido una bola de pelo blanca moviendo la cola.

¡AMANDA, DESCUBIERTA!

"¡Oh, cielos! ¡Un perro de verdad!", he exclamado. "Amanda, ¿qué hace un PERRO en tu bolso?".

"¡Es que a todas las niñas del cole les regalan un perrito de bolso! ¡Yo también quería uno!".

"Pero, Amanda, ¡nosotros YA tenemos perro! ¡Mete a Fifi en un bolso y ya está!".

Lógicamente, he mandado a Amanda a Cachorrilandia a devolver el perrito y el bolso. ¡Si vierais cómo se ha puesto!

Cuando pasábamos por delante de la tienda de juguetes, ha empezado a montar otra rabieta. He intentado arrastrarla del brazo hasta los grandes almacenes para pagar mi uniforme y salir de una vez por todas de allí.

¡Sí! ¡Era MUUUUY embarazoso! ¡Pero yo la IGNORABA por completo!

Hasta que se ha puesto a gritar como una histérica.

"¡SOCORRO! ¡AYUDA, POR FAVOR! ¡¡ME ESTÁN RAPTANDO!!"

El centro comercial entero ha empezado a mirarme mal. He fingido una sonrisa y he abrazado a Amanda. "¡Cálmate, cariño!". Pero al oído le he dicho: "¡Óyeme, niña MIMADA! ¡PARA de una vez o verás!".

"¡Yo quiero mi perrito de bolso! ¡AHORAAA!".

"¡Pues NO lo vas a tener! ¡No tengo suficiente dinero para pagar mi uniforme y un perrito!".

Amanda se ha tirado al suelo y ha empezado a retorcerse como una SERPIENTE. "¡Suéltame, SECUESTRADORA! ¡SOCORRO! ¡SOCORRO! ¡Me están RAPTANDO! ¡Llamen a la policía!".

Si me arrestaban, ¡ya me podía ir despidiendo de North Hampton Hills! Por suerte, he visto algo en las oportunidades de los juguetes y he podido ofrecer a Amanda un buen soborno si dejaba de gritar el tiempo mínimo para que yo pudiera pagar el uniforme y lo demás. ¡Ha aceptado! ¡¡ ☺ !!

YO, CON MI NUEVO UNIFORME, Y AMANDA, CON SU NUEVO PERRITO DE BOLSO DE JUGUETE

A pesar del dramón que me ha montado Amanda, ¡ya estoy perfectamente preparada para mi primer día de cole en la Academia Internacional North Hampton Hills!

¡Me ENCANTA mi nuevo uniforme!

¡¡Y me va a quedar totalmente FENOMENAL!!

¡¡BIEN POR MÍ!! ¡☺!

¡¡CHAÍTO!!

MacKenzie

MI CARTA DE LA SEÑORITA SABELOTODO MÁS PERVERSA DEL DÍA

Hoy tengo DOS cartas.

* * * * * * * * * * * * * *

Querida Señorita Sabelotodo:

Hay un chico en el insti que me gusta. Es atleta, muy guapo, guay y popular. Cuando estamos solos es supermajo. Pero cuando está con sus amigos, actúa como si yo no existiera. ¿Le intereso de verdad?

Gracias,

Chica Invisible

* * * * * * * * * * * * * *

Querida Chica Invisible:

Si este chico es un GPS, ¡está obviamente fuera de tu alcance!

Puede que cuando está con sus amigos te ignore porque se avergüenza de ti. Los chicos como él quieren novias trofeo listas, guapas y ricas.

Estoy segura de que te está utilizando porque eres inteligente y le ayudas con los deberes. O a lo mejor tiene siempre hambre y tú le das la mejor parte de tu almuerzo cada día.

Mi consejo es que ¡me envíes su nombre y su foto porque me parece que es mi tipo y creo que podríamos entendernos!

¡¡BIEN POR MÍ!! ¡¡😊!!

—Señorita Sabelotodo

* * * * * * * * * * * * * * *

Estoy CONVENCIDA de que la siguiente carta es de la traidora de mi ex-BFF Jessica.

* * * * * * * * * * * * * * *

Querida Señorita Sabelotodo:

¡Tengo un grave problema de BFF! A ver, si
pongo la popularidad por delante de mi BFF y
la echo de mi vida como un trozo de pizza viejo
y mohoso, ¿eso me convierte en mala persona?
En el fondo sigo adorándola, pero es que no
quiero que me vuelvan a ver con ella en público.

Antes era la reina de los GPS. Cuando me eligió
a mí entre todas las chicas para ser su BFF, ¡mi
factor de popularidad subió automáticamente
de 6 a 100! Gané un montón de amigos guays,
invitaciones a las mejores fiestas y ¡¡¡acceso a
su impresionante ZAPATERO!!! ¡Era como si
hubiera ganado la lotería de BFF!

Pero de pronto todo cambió. La popularidad
es tan variable como la moda en zapatos: un
día se llevan botines abiertos por delante y
a la semana siguiente están pasados y todo
el mundo lleva bailarinas con diamantes
incrustados. Pues lo mismo pasó con mi amiga.
Cometió un pequeño error y ahora es MENOS

popular que unas botas de agua desgastadas en las rebajas de una tienda de marca. Ha perdido esa cualidad especial que me hizo querer ser su BFF.

Ahora todos los GPS están buscando la siguiente *it girl*, y podría ser MI oportunidad para ser la chica que todo el mundo admira y quiere ser. Pero, si me ven con mi BFF, podría acabar igual de impopular que ella. Empiezo a dudar si invitarla a mi inminente fiesta de cumpleaños en el club de campo.

Entonces, ¿debería pasar de mi BFF y perseguir mi sueño de ser la próxima Abeja Reina de los GPS (y vivir con la culpa)? ¿O debería ser la amiga leal que permanece al lado de ~~MacKen~~ mi BFF (aunque sea pasando mucha vergüenza) y renunciar a la oportunidad de tener por fin algo de felicidad REAL en mi vida?

—Princesa GPS

* * * * * * * * * * * * * *

Querida Princesa GPS:

¡¿Perdona?! ¡Deberías estar agradecida de que tu INCREÍBLE BFF te permitiera meter tus apestosas PEZUÑAS en sus *stilettos* de diseño!

De verdad, ¡NO debería haber acogido por pura PENA a una quiero y no puedo como TÚ! ¡Tuviste suerte de que no se mofara cuando te presentaste en la fiesta de Justin con aquel horrible vestido naranja fosforito que tu abuela (claramente senil) te había hecho.

¿Y qué me dices de aquel MOCO verdoso y seco que llevabas pegado a la nariz? ¿Esa era tu idea de complemento original? ¿De verdad no habías visto al mirarte al espejo aquella bola tamaño balón de fútbol que se balanceaba al viento? ¡Pues tu BFF superleal se fue corriendo a casa y te trajo un vestido de marca precioso para que te cambiaras Y ADEMÁS un pañuelo para tu asqueroso moco!

¡Deberías estar contenta de que tu BFF no dejó de ser tu BFF cuando te pilló haciéndote pasar por ella en un chat para ligar con chicos guapos! Ya lo entiendo: estás tan desesperada por ser ella porque no consigues que se fije en ti ni el chaval más FEO y hambriento ni siquiera con un sándwich de chóped y mostaza atado al cuello.

Tu BFF también podía haber contado a todo el mundo tus secretos más ocultos, como que te hacías pipí en la cama ¡hasta los ONCE AÑOS! Pero en vez de eso te perfeccionó y convirtió a una cutre DOÑA NADIE en una GPS total. ¡¿Y así le pagas su generosidad?! ¡¿Clavándole un puñal en la espada para ser la nueva reina GPS?!

¡Lo tienes claro! ¡ NUNCA JAMÁS le quitarás la corona de la más lista, guapa y fantástica de todas! ¡Así que hazte un favor y no pierdas el tiempo en el intento! ¡Y que no te vuelva a pillar hablando mal de ~~mi~~ tu BFF a sus espaldas!

—Señorita Sabelotodo

LUNES, 21 DE ABRIL

Querida Nikki:

Estoy segura de que ya has oído todos los cotilleos sobre mi BFF Jessica y yo. Bueno, mi ex-BFF Jessica.

Desde que la pillé a ella y a mis amigos GPS riéndose de mí con aquel vídeo, he estado tan ENFADADA que me pondría a...

¡¡GRITAAAAAAAAR!! ¡¡☹!!

¡Encima Jessica tuvo la CARA DURA de escribir aquella carta a la Señorita Sabelotodo hablando MAL de mí!

Porque... ¿quién hace una cosa así a otra persona?

Bueno, vale, confieso que a lo mejor yo hago cosas así a otras personas.

Pero desde luego ¡¡NO a mi MEJOR amiga!!

Estaba en el baño de chicas sin molestar a nadie y repasándome el brillo de labios cuando Jessica ha entrado pavoneándose con otras GPS. ¡No podía creer que tuviera el morro de ponerme los ojos en blanco!

Yo le he dicho: "¡Jessica! Perdona, pero NO me gustó nada que te rieras de mí con aquel vídeo. Los demás ¡ME RESBALAN!".

Y ella: "¡MacKenzie, de verdad! Ni idea de qué me estás hablando".

Y yo le he soltado: "¿Ah, no? Pues mira, he oído que hablas mal de mí a mis espaldas para poder quitarme la corona de Abeja Reina!".

Después se ha hecho un gran silencio y todas las chicas GPS se han quedado mirando a Jessica para ver qué estúpida excusa iba a dar por su puñalada trapera.

Y Jessica ha dicho: "MacKenzie, ¡¡¿CÓMO TE LO DIRÍA?!!".

¡NO podía creer que me hubiera dicho eso a mí! Le he echado una buena bronca.

YO, ECHÁNDOLE LA BRONCA A JESSICA EN EL BAÑO DE CHICAS

¡¡Ahora mismo Jessica para mí ya es PASADO!! Ya la he borrado de amiga en Facebook. ¡Y no me importa lo más mínimo que me invite o NO a su estúpida fiesta de cumpleaños!

En fin, por si ESO no fuera SUFICIENTE tragedia para un día, he tenido que ver la segunda parte en clase de bío.

Era muy obvio que Brandon y tú seguíais enfadados. Él te estaba ignorando por completo A TI, y tú le estabas ignorando por completo á ÉL.

De manera que he decidido tomar cartas en el asunto.

A lo mejor si LEÍAS la carta de Brandon, no tendría que estar ahí sentada viendo cómo os dabais la espalda el uno al otro.

Después de bío, he asumido la responsabilidad de mis acciones y he hecho lo que había que hacer.

¡HE VUELTO A PONER LA CARTA DE BRANDON EN TU TAQUILLA! ¡☺!

Como estaba precisamente junto a mi taquilla, escribiendo en ~~to~~ MI diario, he visto cómo te parabas sorprendida al ver la carta y la abrías corriendo.

Hola, Nikki:

Soy Brandon. Antes de hacer una bola
con esta nota y tirarla, léela hasta el
final.

Aún no sé muy bien qué ha pasado,
pero estoy bastante depre desde que ya
no nos vemos. Bío ya no es lo mismo
sin que tonteemos en clase y sin que tú
te rías de mis chistes malos. Echo de
menos lavar perros en Fuzzy Friends
contigo, aunque siempre acabamos
nosotros con más champú canino encima
que ellos. ¡Y los perros también te
echan de menos!

¿Es por lo que pasó..., er, lo que
hicimos en el puesto de besos, al final
de la fiesta? ¿Y por el rumor que
corrió después por el instituto? Siento
que por mi culpa te sientas mal. Ojalá

no hubiera hecho nada que estropeara
nuestra amistad.

Dijiste algo de que ni siquiera me
conoces. ¿Qué te parece si quedamos
hoy después de clase en Dulces
Cupcakes y nos tomamos un par de
cupcakes de terciopelo rojo? ¡Invito yo!
Y te cuento lo que quieras saber de
mí (sin que me importe que pienses
que soy raro). He aprendido que la
honestidad y la confianza son vitales en
una verdadera amistad.

Si decides NO presentarte, lo
entenderé. Lo interpretaré como que
no merezco tu amistad. Pero me haría
feliz si me concedieras una segunda
oportunidad.

Tu amigo "fuzzy friend",
Brandon

¡Oh, cielos, Nikki! ¡Cuando has leído la carta te has puesto TAN contenta que has empezado a gritar "YAJUUUUUU" como un ratón! Luego has empezado a soltar risitas y a bailar un baile muy raro en pleno pasillo.

Has escrito un mensaje a Chloe y a Zoey y han venido corriendo y gritando como si fueras Taylor Swift o alguien por el estilo.

¡Y os habéis abrazado las tres!

Me ha despistado un poco que quedarais en tu casa después de clase para elegir qué te ibas a poner.

Hasta que no os habéis ido no me he dado CUENTA de que creías que el encuentro con Brandon era... ¡¡HOY!!

Reconozco que el malentendido ha sido en parte por mi culpa.

De verdad, Nikki, ¿cómo iba a imaginar que...?

¡HAS ESTADO ESPERANDO A BRANDON
DOS HORAS PACIENTEMENTE EN DULCES
CUPCAKES Y NO SE HA PRESENTADO!

¡No me extraña que ahora estés aun más FURIOSA que antes por dejarte plantada así! Sobre todo cuando te había escrito esa carta tan cursi donde te abría el corazón.

Entiendo que te sientas más PERDIDA que un PULPO en un GARAJE, pero ¡tu relación con Brandon está ACABADA! ¡Y NUNCA JAMÁS funcionará! ¡☹!

¡¡BIEN POR MÍ!! ¡☺! ¡Siento NO sentirlo!

En fin, aunque imagino que estás desesperada al ver que lo vuestro ha terminado, ahora no montes una llorera monumental.

¡Porque hay gente que tiene problemas MUCHO peores que los tuyos! Y por "gente" me refiero a chicas como ¡YO! ¡¡☹!!

Ahora mismo estoy tan ENFADADA con mis PADRES que me pondría a...

¡¡GRITAAAAAAAAR!! ¡¡😠!!

Resulta que después de cenar he mantenido una conversación seria con mis padres sobre la Academia Internacional North Hampton Hills.

Y, para variar, prácticamente han IGNORADO todo lo que les decía. Papá leía el periódico. Y mamá se retocaba el pelo y se repasaba por novena o décima vez el pintalabios (es ADICTA al pintalabios).

Y la que faltaba, Amanda, estaba arriba en plena rabieta. ¿Que POR QUÉ? Porque estaba enseñando al perrito de juguete a hacer sus necesidades en el váter cuando se le ha caído dentro ¡y lo ha atascado!

¡¡Sí, lo sé!! ¡Alguien tendría que examinarla!

En fin, mientras tanto yo he rogado, gritado y llorado.

Mi actuación ha sido tan buena que deberían nominarme al Oscar al Mejor Berrinche Melodramático durante una Conversación Familiar.

YO, EN PLENO BERRINCHE
EMOCIONAL ¡¡MIENTRAS MIS PADRES
ME IGNORAN COMO SI NADA!!

Yo les he dicho: "¡Mamá! ¡papá! ¡No lo entendéis! ¡¡En mi instituto me ODIAN!! ¡Todos los días los encuentro mirando ese vídeo de mí con aquel bicho en el pelo! ¡Y se RÍEN y burlan de mí como si fuera... una persona IMPOPULAR o algo por el estilo!".

"Cariño, ¡no será para TANTO! No hace ni una semana presumías de los muchos amigos que tienes y de lo que te GUSTABA tu colegio. Lo hacen como una broma sin importancia. Estoy segura de que no quieren hacerte enfadar", ha dicho mi madre.

"¡Por supuesto que quieren! ¡Tener que aguantar lo de ese vídeo cada día es una TORTURA! ¡Me tenéis que trasladar a la Academia Internacional North Hampton Hills cuanto ANTES! ¡Mañana mismo! ¡PORFAAA!".

"Ya está bien, MacKenzie, cálmate. No es más que una tontería de vídeo que está corriendo de un móvil a otro. Seguro que mañana estarán mirando otro", ha dicho mi padre secamente.

"¡Pero me está arruinando la vida!", he dicho entre lágrimas.

"¡NO, mujer, no!", ha respondido mi padre. "Distinto sería si ese acosador, Nicholas...".

"¡Papá, es una chica y se llama NIKKI!", he gritado.

"Ah, bueno, ¡pues NIKKI!. Decía que, si esta Nikki hubiera colgado el vídeo en Internet, la cosa cambiaría. Sabríamos que tenía malas intenciones y ya no lo consideraría una broma sin más".

"¡Lo está pasando mal, Marshall! ¡Quizá deberíamos concertar una entrevista con el director", ha dicho mi madre mirando el reloj. "Tengo una reunión dentro de veinte minutos sobre nuestro evento anual para recaudar fondos para el hospital de niños. MacKenzie, cariño, luego lo seguimos hablando, pero ahora tengo a Nelson esperándome en el coche", me ha dicho besándome en la frente. "¡Chaíto!".

"¡Pero, MAMÁ, no puedes irte ahora!".

"Te diré lo que vamos a hacer", ha dicho mi padre mientras pasaba a la página de la Bolsa y las cifras le harían fruncir el ceño. "Esperemos un mes y, si las cosas no mejoran, concertaremos una entrevista con el director para ver qué ocurre."

"PERO ¿¡Y YO QUÉ HAGO MIENTRAS TANTO?!", he gritado hasta desgañitarme.

En ese punto mis padres se han mirado nerviosos y han dicho cuatro palabras justas. Pero ¡NO! ¡Esas palabras no han sido "¡Irás a la Academia!".

Han sido: "¡LLAMEMOS AL DOCTOR HADLEY!".

"¿¡PERDONA?! ¡¡No, GRACIAS, pero ahora mismo no NECESITO una sesión de terapia!!".

Si quisiera CONSEJO sobre cómo afrontar mis problemas, escribiría a la Señorita Sabelotodo, entraría en su web ¡¡y me mandaría una respuesta a MÍ MISMA!!

"¡Lo que quiero es que me apuntéis a la Academia Internacional North Hampton Hills! ¡AHORA!".

¡Oh, cielos! ¡Estaba tan FURIOSA con mis padres!

Ya no he podido contenerme y he gritado...

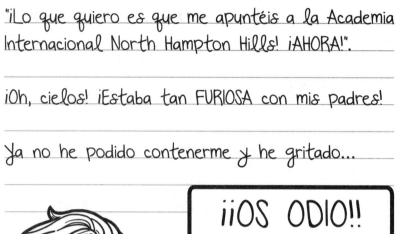

YO, GRITANDO A MIS PADRES PORQUE YA NO PODÍA CONTENERME

He subido corriendo a mi habitación y me he encerrado dando un buen portazo!

¡DE VERDAD! ¡¡Mis padres son BURROS!!

¡Pretenden que me quede en el instituto y me PUDRA mientras los demás se ríen de mí cada día como si fuera una PRINGADA impopular!

¡¡¡¿CÓMO TE LO DIRÍA...?!!!

¡¡¡¿¿CÓMO ES POSIBLE QUE MIS PADRES CREAN QUE ESTE VÍDEO NO ES UN PROBLEMA POR EL SOLO HECHO DE QUE NADIE LO HA COLGADO EN INTERNET??!!!

¡¡¡Pues mirad, mamá y papá!!!

¡¿Sabéis qué?!
¡¡ESO se ARREGLA pronto!!...

¡YO, CIBERACOSÁNDOME A MÍ MISMA COLGANDO MI VÍDEO EN INTERNET!

Ahora que mi ciberacosador imaginario ha colgado ese horrible vídeo en Internet, ¡¡les daré TANTA PENA a mis padres que AL FINAL me dejarán cambiar de cole!!

... ¡¡BIEN POR MÍ!! ¡☺!

Academia Internacional North Hampton Hills... ¡¡¡prepárate que allí voy!!!

¡¡CHAÍTO!!

Mackenzie ♡

MI CARTA DE LA SEÑORITA SABELOTODO MÁS PERVERSA DEL DÍA

Estoy segura de que la siguiente carta es de Marcy, esa amiga tuya tan tímida y rarita. ¿Verdad que lleva APARATOS?

* * * * * * * * * * * * * *

Querida Señorita Sabelotodo:

Desde que me dijeron que llevaría aparatos no he vuelto a ser la chica alegre que era.

Me da vergüenza decirlo, pero cuando el dentista me lo anunció, rompí a llorar allí mismo. Yo ya soy una persona insegura, y esto de los aparatos me va a hacer sentir mucho peor.

Ahora, cuando me miro al espejo, temo encontrarme un monstruo con dientes alambrados. Me cuesta mucho ir cada día al insti sin llorar.

Ya te puedes imaginar las burlas constantes y los motes crueles que nos ponen a los que llevamos aparatos. ¿Por qué la gente pisa a los que ya se han caído?

Me siento frustrada, deprimida y sola. No he dicho nada de esto a mis amigas porque últimamente ya tienen sus propios problemas.

Pero sé que eres la persona ideal para darme los ánimos y consejos que necesito para superarlo. ¡Espero tu ayuda!

—*Triste Aparatosa*

* * * * * * * * * * * * *

Como esta chica (¿Marcy?) parece un CASO PERDIDO, le enviaré mi consejo por mail mañana.

ADVERTENCIA: ¡Esta carta es tan PERVERSA que podría costar un castigo de tres días! ¡Se siente, Nikki! ¡☺!

* * * * * * * * * * * * *

Querida Cara de Hierro:

Porque te llamas así, ¿verdad? ¿O
era Cremallerita? Espera, quizás era
¡TRITURADORA! ¡Perdona, cielo, es que soy
muy despistada! Pero, bueno, llevar aparatos
no está tan mal. Miremos lo bueno y lo malo,
¿te parece?

LO BUENO:

1: ¡Te pueden dar trabajo en el restaurante
italiano de ralladora oficial de queso!

2: Tienes una boca multifunción: ¡trituradora de
papel y motosierra!

3: Con toda la comida que se te va a quedar
pegada a los aparatos ¡te puedes montar un
bufet portátil GRATIS!

LO MALO:

1: La gente te seguirá para mejorar la cobertura de su móvil.

2: Si tu novio lleva aparatos, os podríais dar literalmente un beso mortal. Si durante el besito se os enganchan los aparatos, ¡tendréis que ir al dentista para que os separe quirúrgicamente!

3: ¡En un día muy claro puedes pillar la señal interestelar de los marcianos!

¡Un momento! Ahora que lo pienso, hasta lo bueno parece que sea MALO, ¿verdad?

¡Pues se siente!

¡Menos mal que yo SIEMPRE he tenido unos dientes perfectos y blancos como perlas!

¡¡BIEN POR MÍ!! ¡¡🙂!!

—Señorita Sabelotodo

MARTES, 22 DE ABRIL

Querida Nikki:

¡Creía que nunca llegaría este momento!

¡Hoy es mi ÚLTIMO día en el Instituto Westchester Country Day! ¡¡☺!!

... ¡¡BIEN POR MÍ!! ¡☺!

¡Todo ha salido como lo planeé!

Mis padres vieron el vídeo donde salgo, colgado en Internet por esa HORRIBLE ACOSADORA del instituto.

O sea, ¡TÚ!

Me hizo tanto daño lo que hiciste que anoche lloré hasta quedarme dormida.

¡Y les di muchísima PENA a mis padres!

Así que hoy a primera hora han llamado a la Academia Internacional North Hampton Hills para tramitar mi cambio de centro. ¡BIEN POR MÍ! ¡¡☺!!

En la entrevista de ingreso he dejado a la directora impresionadísima. Ha dicho que yo iba a ser una gran baza para la institución.

El jueves iré a hacer las pruebas de nivel de todas las asignaturas.

Mientras escribo esto, mamá y papá están en la secretaría del instituto completando los trámites y yo estoy vaciando la taquilla y empaquetando mis pertenencias.

Bueno, de hecho estoy vigilando al de la mudanza.

Cuando me vaya, SÉ que tú y tus BFF estaréis en el pasillo MIRÁNDOME descaradamente y preguntándoos qué ha pasado.

¡Pero os IGNORARÉ como hago siempre!...

YO, ABANDONANDO EL INSTITUTO PARA IR A LA ACADEMIA INTERNACIONAL NORTH HAMPTON HILLS ¡¡ 😊 !!

¡Sí! Ya sé que habrá muchas preguntas sin respuesta sobre mi repentina partida. ¡No os creáis los rumores malintencionados!

Lo que es cierto es que probablemente estaré en Hawái, en un yate de treinta metros de eslora, con un conjunto náutico superchic con sandalias a juego, bebiendo un batido de piña y mango mientras redacto mi trabajo sobre los volcanes hawaianos con los alumnos más listos, ricos y pijos de mi grupo de estudio de la Academia Internacional North Hampton Hills.

¡¡BIEN POR MÍ!! ¡¡ 🙂 !!

¿He dicho ya que la mayoría de los alumnos de este colegio son hijos de famosos, políticos, magnates de los negocios y realeza?

Casi me olvido: ha habido un ligero cambio de planes con tu diario.

Primero, ¡me he enganchado a escribir en él!

Segundo, creo que lo que tú escribiste
ideberíamos compartirlo con el MUNDO entero!

Por último, no olvides que mi REGALO final
se te entregará el lunes 28 de abril.

Cuando te EXPULSEN del instituto por
ciberacoso, itú también necesitarás un cambio
de centro!

Pero, hagas lo que hagas, iPORFA, PORFA,
PORFA no te apuntes a la Academia
Internacional North Hampton Hills! i ☺!

iiCHAÍTO!!

MacKenzie

P. D.: Te he dejado una nota de despedida pegada en mi antigua taquilla.

MI CARTA DE LA SEÑORITA SABELOTODO MÁS PERVERSA DEL DÍA

Por desgracia, con todo el ajetreo del cambio y tal, hoy era un día demasiado ocupado para responder cartas pidiendo consejo.

¡Y, como en mi nuevo colegio estaré superocupada con todos mis nuevos amigos, considera esto como mi DIMISIÓN oficial!

¡¡Me ha encantado ser la Señorita Sabelotodo!! Proteger contra sí mismos a unos cuantos raritos sin remedio ha sido como hacer obras de caridad. Y además ME ha removido el corazoncito.

¡De verdad que creo que esta experiencia ha supuesto un cambio en mi vida a mejor y me ha hecho una persona más buena y compasiva.

¡¡Es broma! ¡¡PARA NADA!!
¡¡☺!!

¡MADRE MÍA! ¡¡NO TE VAS A CREER LO QUE ME PASÓ AYER!!

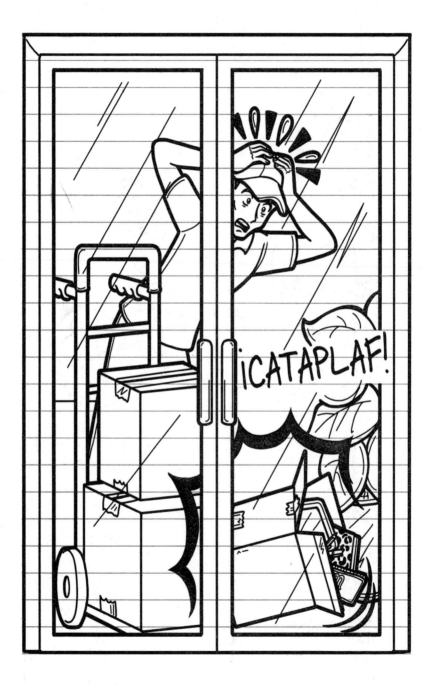

255

¡¡POR FIN HE ENCONTRADO MI DIARIO!!

¡¡¡YAJUUUUU!!! ¡😊!!

¡ESTOY TAN CONTENTA QUE CREO QUE LE VOY A DAR UN ENORME...

← ¡BESAZO!

Había desaparecido durante

¡¡¡DOS SEMANAS ENTERAS!!!

Y todo este tiempo he estado hecha una

¡¡PILTRAFA!!

¡Mis BFF y yo lo habíamos buscado por TODAS PARTES! Yo ya había perdido toda ESPERANZA de recuperarlo.

¡Y la pobre Zoey se culpaba por haberlo perdido! Creía que se le había caído de mi bolso cuando lo cogió para buscar un chicle.

Le dije que, aunque fuera así, habría sido un accidente y yo no estaba enfadada con ella.

¡Pero Zoey seguía sintiéndose responsable y decía que era la peor amiga del MUNDO!

Estuvo superdepre una ETERNIDAD, y Chloe y yo estábamos preocupadas por ella.

Por eso, cuando le enseñé el diario, ¡se puso tan contenta que se echó a llorar de alegría!

¡He recuperado mi diario Y a mi mejor amiga Zoey! ¡☺!

¡¡¡YAJUUUUU!!!

La parte más FLIPANTE es que mi diario tenía un aspecto totalmente distinto cuando lo encontré.

¡La pérfida LADRONA de diarios le había dado un CAMBIO DE IMAGEN superCHULO con una tela preciosa estampada de LEOPARDO!

¡Parecía idéntica a la de una blusa de marca que había visto en el centro comercial por 220 dólares!

El día en que mi diario desapareció, yo ya sospeché algo. Estuve a punto de forrar las paredes del instituto de carteles con la foto de la PRINCIPAL SOSPECHOSA...

¡¡SE BUSCA!!

Mackenzie HOLLISTER,
POR ROBO DE DIARIO
(PELIGRO: ¡Guapa pero peligrosa!)

Pero, por desgracia, no tenía ninguna prueba de que ella
fuera la CHORIZA REDOMADA que lo había robado.

¡Después NO podía creer todas las tonterías que MacKenzie había escrito en MI diario!

Me quedé despierta hasta pasada medianoche para leerlo absolutamente todo. ¡DOS VECES! Fue una buena forma de entrar en su cabeza.

A pesar de su belleza y popularidad, su vida no es ni la mitad de perfecta de lo que pensamos los demás.

Solo lo aparenta.

Y es verdad que MacKenzie está estresada por todas las historias que le han pasado: (1) el castigo, (2) el vídeo del bicho, (3) perder a su BFF Jessica, (4) sus celos enfermizos de mi amistad con Brandon, y (5) su deseo de cambiar de centro.

Pero ¡¿y QUÉ?! Como dice mi abuela, "Todo pasa por algo. Y a veces ese algo es haber elegido la opción ERRÓNEA".

MacKenzie se crea muchos de los problemas que tiene y luego culpa a los demás.

Sin embargo, lo que más me SORPRENDIÓ descubrir es lo DIABÓLICA que llega a ser.

¿Que por qué es diabólica?

Pues porque cuando la vida le da algún CHASCO a ella, ella le da DOS o TRES al primero que se encuentra.

Hasta me daría pena si no fuera tan CRUEL.

¡Y espera, porque la cosa se pone aún más INCREÍBLE!

¡MacKenzie descubrió mi nombre de usuario y contraseña escritos en MI diario y entró en la web de la Señorita Sabelotodo! ¡¡☹!!

¡¡Como lo OYES!!

Luego escribió un montón de cartas PERVERSAS y MALINTENCIONADAS a alumnos inocentes.

¡¡Su plan era que me expulsaran a MÍ del instituto por CIBERACOSO!!

¡¡¿CÓMO se atreve?!!!

Por suerte, mi sección de consejos de la Señorita Sabelotodo no se publicará hasta el lunes 28 de abril, así que tengo tiempo de sobra para arreglar el daño que haya podido hacer y borrar sus cartas.

A pesar de eso, me PREOCUPA un poco su AMENAZA sobre la SORPRESA que me tiene preparada para el lunes 28 de abril. ¡☹!

¡¡Pero lo más FUERTE viene ahora!!

¡MACKENZIE HOLLISTER SE HA IDO A OTRO COLEGIO!

¡Y ayer fue su último día en el nuestro!

¡SÍ! Sé que cuesta creerlo, ¡¡pero es CIERTO!! Es la COMIDILLA de todo el instituto, incluso entre los profesores.

¡¡Esa REINA DEL MELODRAMA se ha ido de mi vida!! ¡¡PARA SIEMPRE!! ¡¡¡YUJUU!!!...

¡¡YO, BAILANDO EL BAILE DE SNOOPY PORQUE SE HA IDO MACKENZIE!!

Ahora que MacKenzie ya se ha quitado de en medio, ¡podré POR FIN intentar arreglar las cosas con Brandon sin que ELLA se entrometa! ¡☺!

Brandon ha estado muy ocupado últimamente haciendo fotos para el periódico y para el anuario.

Nos hemos ignorado el uno al otro y apenas hemos hablado desde aquel encontronazo de hace unas semanas junto a mi taquilla.

Luego las cosas empeoraron cuando Brandon escribió aquella carta de disculpas tan y tan dulce invitándome a merendar en Dulces Cupcakes.

Lo estuve esperando una ETERNIDAD, ¡pero no se presentó! ¡☹!

Me enfadé mucho con ÉL porque creí que había sido una trampa porque ÉL seguía enfadado CONMIGO. ¡Ya sé, ya, suena muy neurasténico!

Pero, según lo que cuenta MacKenzie en el diario, ELLA estaba detrás de todo moviendo los hilos y MANIPULÁNDONOS para organizar todo el lío.

Y confieso que estas últimas semanas he echado mucho de menos a Brandon. Tengo que hablar con él mañana y disculparme por todo lo que ha pasado.

En cualquier caso, ahora que MacKenzie se ha ido a otro colegio, mi vida en el instituto va a ser POR FIN ¡¡una vida SIN DRAMAS y absolutamente PERFECTA!!

¡¡YAJUUUUUUU!!
¡¡☺!!

RECORDATORIO:

Chloe no ha ido hoy a clase, ni tampoco fue ayer, y no ha contestado ninguno de mis mensajes de móvil.

¡Y eso es muy EXTRAÑO!

¡Espero que Zoey sí que sepa algo de ella!

Pero si NO...

1. ¡Llamar a Chloe esta noche para asegurarme de que está bien!

2. Contarle la noticia FANTÁSTICA de que POR FIN he recuperado mi diario. ¡¡☺!!

3. Decirle que ya no tenemos que preocuparnos por Zoey porque vuelve a ser la chica alegre de siempre. ¡¡YAJUUU!!

TAMBIÉN:

¡Aclarárselo todo a Brandon y pedirle perdón!

¡¡AAAAAAAAAH!!

(¡Esa era yo gritando!)

Creía que todo iría mucho mejor al haberse ido MacKenzie.

¡¡Pero hoy está siendo el PEOR día de MI VIDA!!

¡Ya había tomado la decisión de que, si Chloe tampoco venía hoy al insti, Zoey y yo pasaríamos por su casa después de clase!

Las dos habíamos estado llamándola y enviándole mensajes de móvil y de mail casi ininterrumpidamente desde el miércoles, pero seguíamos sin noticias de ella.

¡¡No había dicho NI PÍO!!

¡¡¿A qué venía ESO?!!

Primero fue Zoey la que se puso rara ¡¿y ahora Chloe?! ¿Y QUÉ MÁS? ¡¡☹!!

Me daba miedo que el miércoles le hubiera pasado algo malo a Chloe de camino al instituto.

No sé, como por ejemplo que la hubieran raptado unos zombidolescentes. Y que la retuvieran porque la querían como REINA zombidolescente.

¡AY, MADRE! ¡¡☹!!

¡Oye, todo es posible!

AL FINAL hemos visto a Chloe después de la segunda clase, saliendo de la secretaría. Zoey y yo estábamos SUPERcontentas y casi HISTÉRICAS.

Hemos corrido hasta ella gritando: "¡Chloe, Chloe! ¡MADRE MÍA! ¡¿DÓNDE estabas?! ¡Te hemos buscado por todas partes! ¡¿No has recibido nuestras llamadas y mensajes?! ¡¿Estás bien?! ¡¿Estabas enferma?! ¡Te hemos echado mucho de menos! ¡Adivina qué! ¡Teníamos tantas GANAS de contártelo...! ¡¡¡HEMOS ENCONTRADO EL DIARIO!!! ¡¡YAJUUUUU!!".

¡Pero entonces ha pasado algo extrañísimo!...

¡NOS HA PUESTO CARA DE INDIFERENCIA
Y HA PASADO DE LARGO!

¡Nos hemos quedado allí plantadas flipando y mirando boquiabiertas a nuestra BFF!

Chloe ha actuado como si ni siquiera estuviéramos allí. ¡NO podía creer que PASARA así de nosotras!

Zoey y yo nos sentíamos dolidas y confusas, pero, sobre todo, muy frustradas con tanta pregunta sin respuesta.

¿Por qué no se había molestado Chloe en devolvernos los millones de llamadas y mensajes?

¿Por qué estaba enfadada?

¿Por qué no había venido a clase?

¿Estaba enfadada con NOSOTRAS?

Si sí, ¿por qué?

Pero nos hemos quedado sin preguntarle nada porque en clase de EF seguía de MORROS y durante el almuerzo estaba como DEPRE y no quería hablarnos.

Sin embargo, Zoey y yo lo teníamos CLARO. NO íbamos a rendirnos ni a renunciar a nuestra BFF.

Por eso hemos elaborado un PLAN SECRETO.

Hoy teníamos biblioteca, de manera que, cuando estuviéramos las tres colocando libros, seríamos SUPERamables y majas con Chloe para animarla un poco.

Luego, cuando estuviera de mejor humor, la sonsacaríamos para que nos contara qué le pasa.

Y, al final de la hora de biblioteca, nos abrazaríamos las tres y volveríamos a ser BFF. ¡¡YAJUUUUU!!

¡¡Continuará...!!

··· ¡¡¡☺!!!
···

273

SÁBADO, 26 DE ABRIL

Ayer lo dejé en lo del plan secreto que teníamos Zoey y yo para resolver la CRISIS DE CHLOE.

"¿Estáis tan aburridas como yo?", murmuré mientras volvía a limpiar el polvo de las mesas de la biblioteca para mantenerme despierta.

"¿Queréis que borremos marcas de lápiz de los diccionarios?", sugirió Zoey.

"¡No te pases!", gruñí. "¿Chloe, tú qué harías?".

La miramos esperanzadas. Pero ella siguió con lo suyo sin mirarnos ni contestarnos.

"Chloe, ¿qué te pasa? Llevas todo el día SUPERcallada. ¿Pasa algo malo?", preguntó Zoey.

Chloe se mordió los labios y dijo que no con la cabeza.

"¡Tengo una idea! Como estamos tan aburridas, juguemos al juego favorito de Chloe", exclamé. "¡Mímica!".

"¡Suena divertido!", dijo Zoey.

"¡Y le da mil vueltas a lo de borrar marcas de lápiz de los diccionarios!", dije. "Chloe, tú empiezas".

Chloe se cruzó de brazos y se quedó ahí plantada con expresión de pocos amigos.

"Mmm...", dije, rascándome la cabeza. "Sin moverse y la mirada en blanco. Eres... ¿una PIEDRA?".

Chloe me frunció el ceño y negó con la cabeza.

"¡Pues un ÁRBOL!", probó Zoey.

Chloe puso los ojos en blanco por enésima vez ese día y se quedó totalmente quieta. Y yo tuve una inspiración creativa.

"¡Ya lo sé! ¡¿Eres una ESTATUA ENFADADA?!", exclamé. "¡¿Es eso?!".

¡¡MAL!! Chloe me lanzó una mirada tan helada que casi me quemo. ¡¡AY!!...

¡CHLOE LANZÁNDOME UNA MIRADA HELADA
CUANDO JUGÁBAMOS A LA MÍMICA!

Creo que mi inspiración creativa la mosqueó aún más, porque apretó fuerte los puños y se fue a grandes zancadas.

"¡Espera! ¿Adónde vas?", la llamé. "¡Aún faltamos Zoey y yo!".

Chloe me miró fatal y cerró la puerta de la biblioteca de un portazo. ¡¡¡PAM!!!

"Pero... ¿y esto?", pregunté, sin entender nada. "¿Me he perdido algo?".

"Creo que las dos nos hemos perdido algo", contestó Zoey con tono serio. "Está claro que Chloe está muy enfadada con nosotras y no nos quiere hablar".

"Pero ¿por qué?", pregunté atónita. "¿Qué hemos dicho o hecho para que se enfade tanto?".

"¡No tengo ni la menor idea!", dijo Zoey encogiéndose de hombros. "¡Con lo dulce y alegre que es siempre! Puede que tenga un mal día".

"Será más bien !una mala SEMANA!", dije
suspirando.

"En fin, démosle un poco de tiempo y esperemos que
mañana esté mejor", dijo Zoey.

"Si tú lo dices... Pero a mí me parece que a cada
minuto que pasa nos ODIA más", me lamenté.

Zoey movió la cabeza y suspiró con tristeza.

"Tenemos que estar ahí cuando Chloe esté dispuesta
a hablar. Recuerda aquella cita de 'Un amigo es
alguien que conoce la CANCIÓN de tu CORAZÓN
y puede CANTÁRTELA cuando a ti ya se te ha
OLVIDADO la LETRA'".

¡MADRE MÍA! ¡Nunca había oído palabras tan
amables, consideradas y empáticas!

¡Zoey es la MEJOR amiga del mundo!

A la hora de resolver emociones complicadas, es como
un psicólogo de esos de la tele que siempre tienen

respuesta para todo, solo que con brillo de labios de purpurina y vaqueros ajustados.

¡Seguíamos sin tener la menor idea de por qué Chloe estaba enfadada!

Porque estaba claro que nuestro plan secreto para animarla... ¡había FALLADO!

Salimos de la biblioteca aún más preocupadas que antes.

¡¡☹!!

La Crisis de Chloe era emocionalmente agotadora.

¡Pero no era el ÚNICO DRAMÓN con el que tuve que lidiar el viernes!

El otro empezó cuando entré en la cafetería y vi que en lugar de hamburguesas tenían pedazos de neumático carbonizados flotando en una salsa diarreica.

¡Que además olían a eso! ¡☹! ¡¡PUAJJJ!!

De manera que opté por almorzar un plátano.

Se ve que estaba muy distraída con lo de la Crisis de Chloe, porque cuando fui a tirar la piel de plátano, ¡tuve un ACCIDENTE muy desafortunado y ligeramente traumático! ¡☹!

¡¡Con un CHICO!!

Que encima no era un chico CUALQUIERA...

¡YO, TIRANDO SIN QUERER
UNA PIEL DE PLÁTANO A BRANDON!

¡NO podía creer que Brandon acabara de decir eso!

¡¡Yo NUNCA JAMÁS he dicho que sea BASURA!!

¡Vale, puede que lo haya TRATADO como basura! ¡☹!

¡Pero nunca lo he LLAMADO así!

¡HAY UNA GRAN DIFERENCIA!

Después de que mi disculpa cayera en saco roto, nos quedamos mirándonos ¡durante lo que me pareció una ETERNIDAD!

"Esto... Brandon, er... ¿cómo va todo?", pregunté fingiendo torpemente una sonrisa.

Brandon bajó la mirada hacia la pegajosa piel de plátano que resbalaba lentamente por su camisa, y luego me miró a mí y arqueó una ceja.

"¡MADRE MÍA! ¡PERDÓN! ¡Yo te lo limpio! ¡No te

muevas!", dije mientras salía corriendo como loca
hacia la mesa más cercana.

Cogí un puñado de servilletas y volví rápidamente
adonde estaba Brandon.

"¡Te lo limpio en un santiamén!", dije, recuperando
el aire.

Retiré la piel de plátano y la arrojé a la basura
(de verdad). Luego empecé a toquetear con la
servilleta la mancha pegajosa de la camisa.

"Tranquila", me dijo Brandon con expresión bastante
incómoda. "De verdad, no te molestes, ya me encargo
yo...".

"¡SÍ ME MOLESTO!", le interrumpí. "¡Primero
porque ha sido culpa mía y segundo porque soy
tu AMIGA! Aunque, con todo lo que ha pasado
últimamente, no lo parezca mucho", confesé con
cierta vergüenza.

"¿Amiga? ¿En serio, Nikki? Me gritaste sin ningún

motivo. Después, cuando te mandé una carta disculpándome, me dejaste plantado. Con amigos así, ¿quién quiere enemigos?", dijo, claramente mosqueado conmigo.

"¡Pero es que yo no te gritaba a ti! Aquel día perdí el control porque ya no podía más con MacKenzie, y de verdad creía que TÚ eras ELLA cuando dije aquellas cosas", expliqué. "¡Y SÍ que acudí a la cita de Dulces Cupcakes! Pero, gracias a MacKenzie, ¡me presenté TRES días tarde! ¡Esa chica está tan ENFERMA que SABOTEÓ nuestra relación con CUPCAKES de terciopelo rojo! ¿Te lo puedes creer?", bramé.

"¿Me estás diciendo que todo esto es por culpa de MacKenzie? ¿Y que está intentando cargarse otra vez nuestra amistad?", preguntó Brandon con escepticismo.

"¡SÍ! ¡Eso es exactamente lo que estoy diciendo! Como mínimo, parte de la culpa la tiene ella. Brandon, ¡lo de MacKenzie es de CÁRCEL! ¡Lanzó el rumor malintencionado sobre ti! ¡Y ni te cuento lo último que me ha hecho porque no lo creerías! Deberían encerrarla en una MAZMORRA, ¡con CADENAS!", solté. "¡Y menos mal que se ha cambiado de colegio!".

"Lo siento, Nikki... pero, después de todo este... DRAMA, ya no sé qué creer", ha dicho Brandon muy serio. "Quizá no te conocía tan bien como creía"...

Ese último comentario me resultaba muy familiar.

Yo había dicho exactamente lo mismo en nuestra última discusión. ¡NO podía creer que el tío me estuviera COPIANDO el guion!

De pronto me di cuenta de que reinaba un silencio nada habitual.

Me di la vuelta y vi TODA la cafetería mirándonos con los ojos como PLATOS. Como si fuéramos una escena sacada de una de esos dramones de adolescentes que va tanta gente a ver al cine.

¡MADRE MÍA! ¡Qué vergüenza!

¡YO, FLIPANDO AL DESCUBRIR QUE TODA LA
CAFETERÍA NOS ESTÁ MIRANDO!

Cuando sonó el timbre que marcaba el fin de la hora de almuerzo, Brandon suspiró y me miró callado. Parecía que estaba procesando todo lo que le acababa de decir. ¡O quizá solo intentaba decidir quién estaba más MAJARA, MacKenzie o yo!

"Nikki, sinceramente, creo que deberíamos...". Dudó y miró su reloj.

Contuve la respiración rezando para que diera otra oportunidad a nuestra amistad.

"... Creo que no deberíamos llegar tarde a BÍO. ¿Vienes?", preguntó mientras vaciaba su bandeja.

¡Entonces sí que me eché a TEMBLAR!

¿Eso quería decir que nuestra relación se había TERMINADO?

Novios estaba claro que NO ÉRAMOS. Y las últimas semanas TAMPOCO habíamos sido muy buenos AMIGOS.

Entonces, ¡¿QUÉ relación teníamos exactamente?!

¿Y por qué nos pesaba tanto? ¿Y nos confundía tanto? ¿Y nos divertía tanto? ¿Y era tan especial? ¡Todo a la vez!

¡Entonces me di cuenta! ¡A lo mejor Brandon quería que lo habláramos de camino a clase de bío!

Ya me entiendes, en privado. Sin toda una cafetería estirando las orejas para escuchar nuestra conversación.

¡Eso sí que sería ROMÁNTICO! ¡¡☺!!

Me di la vuelta otra vez para mirar a todos los rostros que SEGUÍAN observándonos.

¡De pronto sentí un PEQUEÑÍSIMO rayo de esperanza! ¡¡Quizá podríamos volver a encauzar nuestra amistad!!

Así que sonreí y contesté por fin a su pregunta. "Er... ¡SÍ! ¡Vayamos a clase!".

Pero cuando me di la vuelta...

¡BRANDON SE HABÍA IDO!

¡¡☹!!

He venido pronto al insti para repasar de una en una todas las cartas de la Señorita Sabelotodo en busca de posibles pistas sobre la "sorpresa" que MacKenzie anunció.

MacKenzie había contestado una docena de cartas y las había guardado en el buzón de "cartas nuevas".

Todas las cartas se quedan allí hasta que las mando por mail a los alumnos o hasta que las copio en la carpeta de Publicación Automática, que publica automáticamente mis cartas en el periódico cada lunes a las 12:30 del mediodía.

¡MADRE MÍA! ¡Sus cartas eran tan CRUELES que me estremecía solo de leerlas!

Y lo malo es que YA había enviado por mail sus consejos a tres alumnos. ¡☹!

Después de leer los problemas que contaban, MacKenzie había adivinado que "Amigo Algo Patético" era

Brandon, "Princesa GPS" era Jessica y "Triste Aparatosa" era mi amiga Marcy.

En el caso de Brandon, la carta que le envió provocó una pesadilla de cupcakes y tal, pero él sobrevivió.

En cuanto a la traidora QUIERO Y NO PUEDO de Jessica, ¡se merecía por completo la desagradable carta que le envió su exmejor amiga MacKenzie!

Pero Marcy me preocupaba más.

Me he apuntado mentalmente que tenía que hablar con ella para comprobar que aquella horrible carta de la Señorita Sabelotodo no la había traumatizado.

No me quedaba más remedio que explicárselo como una broma de mal gusto y pedirle perdón por enviársela.

He impreso las cartas de MacKenzie (¡nunca se sabe cuándo las podría necesitar!) y luego las he BORRADO por completo de mi archivo "Cartas Nuevas".

¡PROBLEMA RESUELTO! ¡☺!

¡¡Se ACABÓ el Reino del Terror de MacKenzie como FALSA Señorita Sabelotodo!!

En esto que ha dado la enorme casualidad de que Marcy ha entrado en la redacción del periódico justo cuando yo estaba acabando.

¡Y no te lo pierdas! ¡No parecía nada enfadada!

De hecho, me ha agradecido (¡otra vez!) el viaje a Nueva York para la Semana de la Biblioteca Nacional y ha empezado a contarme sin parar lo MEGABIEN que se lo habían pasado Violeta, Jenny y ella.

¡Pero ahora viene lo RARO! Cuando he intentado disculparme por la carta de la Señorita Sabelotodo sobre sus aparatos, Marcy me ha dicho que no sabía de qué le hablaba. ¡Y que no había mandado NINGUNA carta a mi sección! Al menos últimamente.

Me ha contado que lo de los aparatos tampoco fue tan malo una vez se acostumbró, pero que estaba contenta y emocionada porque dentro de TRES meses se los quitaban.

¡Ahora sí que parecía todo muy EXTRAÑO! ¡¡☹!!

¡O sea que MacKenzie se había equivocado! Al parecer, la carta de "Triste Aparatosa" la había escrito algún otro de los muchísimos alumnos del instituto que llevaban aparatos. ¡GENIAL! ¡¡☹!!

He cogido mis cosas y he salido corriendo porque había quedado con Zoey en la taquilla de Chloe. Iba cruzando los dedos para que todo volviera a la normalidad.

¡Pero nada! Chloe ha cerrado la taquilla de un portazo y ha pasado ante nosotras sin dirigirnos la palabra.

¡Era ya oficialmente el Cuarto Día de la Crisis de Chloe!

Zoey y yo hemos tenido la brillante idea de dejar una nota en su taquilla citándola en el armario del conserje a la hora del almuerzo.

Siempre nos reunimos allí cuando queremos hablar de algo importante en privado.

Zoey le ha escrito una nota rápida...

Querida Chloe:

¿Qué te pasa? ¿Estás enfadada con nosotras? Estamos muy preocupadas por ti desde hace días. ¿Quieres que hablemos?

¡PORFA, PORFA, PORFA! ¡Ven al armario del conserje cuanto antes! No queremos molestarte ni nada por el estilo. ¡¡Pero nos preocupas porque eres nuestra BFF!!

Zoey y Nikki

P. D.: ¡Estamos muy tristes y te echamos de menos! ¡¡☹!!

Hemos doblado la carta y la hemos introducido en la taquilla de Chloe.

Cuando ha sonado el timbre de la hora del almuerzo, Zoey y yo nos hemos mirado nerviosas y hemos corrido a preparar el terreno en el armario del conserje.

Hemos esperado un buen rato, pero estaba visto que Chloe no se iba a presentar.

Eso no había pasado NUNCA JAMÁS.

Al parecer, nuestra BFF se había convertido en una reina del MELODRAMA aún MAYOR que MacKenzie.

Justo cuando empezábamos a abandonar toda esperanza, la puerta ha hecho clic y se ha abierto lentamente.

¡Qué alivio cuando hemos visto que era Chloe!

Se la veía triste y tenía los ojos enrojecidos de llorar.

"Chicas, ¡tengo muy malas noticias!", ha dicho sorbiendo por la nariz.

¡¡Eran las primeras palabras que nos dirigía en lo que parecía un año!!

Zoey y yo nos hemos quedado mirándola sin hablar.

Se me ha hecho un nudo en la garganta, y el corazón me latía tan fuerte que lo podía oír.

Temía que fuera a anunciarnos que su familia se iba a vivir a la Conchinchina.

¡MADRE MÍA!

¡¿Qué haríamos Zoey y yo sin nuestra BFF?!

¡No quería ni pensarlo! ¡☹!

Chloe seguía ahí, casi temblando como si estuviera a punto de echarse a llorar.

Al final, ha respirado hondo, se ha señalado los labios y los ha empezado a estirar lentamente haciendo una mueca adornada con brillo de labios rosa.

"¿Has estado sin hablarnos todo este tiempo porque no te gusta el color de brillo de labios que llevas?", he exclamado incrédula. "¡¿En serio?!".

Zoey me ha dado un codazo y me ha lanzado una mirada asesina.

"¡AY!", he gemido en voz baja.

"¡Pues mira, nos encanta ese color que llevas, Chloe!", la ha tranquilizado Zoey mientras esbozaba una falsa sonrisa. "¡Es SUPERguay! ¿Verdad, Nikki?".

"¡Sí, Zoey, MUY guay! Fíjate que es del mismo tono rosa que la MARCA que me acabas de dejar. Ya sabes, antes de que se convierta en MORADO!", he murmurado.

Zoey me ha lanzado otra mirada asesina.

"¡¡¿QUÉ?!!", le he dicho encogiéndome de hombros.

Chloe nos ha dirigido una mirada de paciencia infinita.

Y entonces nos ha enseñado muy teatralmente sus dientes apretados.

Zoey y yo NO nos lo podíamos creer...

¡ZOEY Y YO MIRANDO LOS DIENTES DE CHLOE!

Cuando nos hemos acercado para verlos mejor, Chloe
ha sonreído tímidamente (¡por primera vez en días!)
y ha soltado...

"¡ME HAN PUESTO APARATOS!"

¡Me he quedado tan pasmada y sorprendida que he tenido que contenerme para NO FLIPAR! ¡Bastante traumatizada estaba YA Chloe! Yo no quería hacerle sentir PEOR.

Ahí sentada sonriéndonos nerviosa, era bastante obvio que Chloe estaba ~~guapísima~~ PEDORRÍSIMA con sus aparatos nuevos.

"¡MADRE MÍA! ¡Estás moniiiiisima con los aparatos!", ha chillado Zoey como si tuviera delante un cachorrito.

"¡Caramba! Esos alambres rosa fuerte realzan la calidez de tu tono de piel. Y... er, los brackets lila complementan tu color de ojos!", he canturreado como una de esas vendedoras pesadas del centro comercial.

Pero yo lo decía sinceramente. Más o menos.

"¡Sí, anda! ¡Decís esas cosas solo para hacerme sentir mejor!", ha dicho Chloe sorbiendo la nariz. "¿Seguro que no parezco un MONSTRUO con boca metálica?".

"¡Claro que NO!", he gritado.

"Pero bueno, ¿estás LO-CAAAA?!", ha clamado Zoey.

Entonces la hemos abrazado cada una por un lado y hemos dicho...

ZOEY Y YO, ¡ABRAZANDO A CHLOE!

Chloe nos ha explicado que no fue a clase ni el miércoles ni el jueves porque le ponían los aparatos. (¡Y pensar que yo temía que la hubieran secuestrado y obligado a ser una reina zombidolescente!)

"Chloe, ¡¿por qué no nos DIJISTE que te iban a poner aparatos?!", he preguntado.

"La verdad es que lo hice. Más o menos", ha explicado. "Pero como quería tu opinión SINCERA, escribí a tu sección de la Señorita Sabelotodo".

"¿Estás segura? Yo nunca recibí una carta tuya", he contestado un poco confundida.

"Bueno, es que no utilicé mi nombre de verdad. Escribí con un seudónimo diciendo que iban a ponerme aparatos y que me daba mucho palo, y pidiéndote consejo. Firmé como...".

"¡TRISTE APARATOSA!", dije casi a grito pelado. "¡MADRE MÍA, Chloe! ¿Aquella carta era TUYA?".

"¡Sí! ¡Y recibí TU respuesta el martes por la mañana, aunque no pude leerla hasta después de clase. Te seré sincera, Nikki, ¡tu carta me hizo sentir mucho peor!", ha dicho Chloe sorbiendo la nariz. "Parecía que ODIABAS a la gente con aparatos. Por eso me asusté y dejé de hablar. Pensé que si os enterabais de lo de mis aparatos ya no querríais ser mis amigas".

Zoey me ha puesto mala cara y yo me he apartado de un salto por si se le ocurría volver a darme un codazo.

"¡MADRE MÍA, Chloe, lo siento muchísimo!", me he disculpado sintiéndome muy triste. "¡Me siento FATAL! ¡Tú NO te merecías aquella carta tan horrible! Ya sé que no te ayudará mucho saberlo, pero ¡yo NO la escribí!".

"¡¿QUÉ?!", han exclamado Chloe y Zoey. "¿Pues quién?".

Hasta ahora, había estado SUPERpreocupada por Chloe y obsesionada con los problemas de la sección de la Señorita Sabelotodo. O sea que era

303

el momento PERFECTO para contarles por fin absolutamente todos los detalles sobre MacKenzie.

Para empezar, el hecho alucinante de que no solo había ROBADO mi diario, sino que había ESCRITO una docena de veces en él.

"¡Muy bien, chicas, me MORÍA de ganas de deciros esto! ¡Nunca creeréis cómo encontré mi diario! ¡Es una historia muy larga y complicada!".

He cogido aire y he hecho un rápido repaso a toda la historia, incluyendo cómo MacKenzie saboteó la sección de la Señorita Sabelotodo escribiendo cartas desagradables a los alumnos y cómo colgó ella misma el vídeo del bicho en Internet. ¡Todo para que me expulsaran por ciberacoso!

Chloe y Zoey negaban incrédulas con la cabeza.

"¡Creo que deberíamos denunciar a MACKENZIE por ciberacoso!", ha dicho Chloe enfadada.

"¡Sí, yo también!", ha dicho Zoey. "¡No podemos

dejar que se salga con la suya! ¡Deberías decírselo al director Winston y al señor Zimmerman cuanto antes! Si no, creerán que tú eres la culpable y te expulsarán temporalmente".

"Es que si se lo digo al señor Zimmerman, ¡ya puedo despedirme del periódico!", me he lamentado. "Ya ha amenazado con despedirme si ponía en peligro la seguridad de la web de la Señorita Sabelotodo".

"¡Pero tú NO has puesto en peligro la seguridad de la web!", ha afirmado Chloe. "¡Te ROBARON el diario!".

"¡Y además no fue CULPA tuya!", ha insistido Zoey. "¡Tú aquí eres la VÍCTIMA!".

"Puede que sí. Pero ¿Y QUÉ? ¡Nunca me creerán!", he dicho. "¿Cómo voy a convencerlos de que MacKenzie fue la que saboteó mi web de la Señorita Sabelotodo cuando ya ni siquiera viene a este instituto? ¡No tengo NINGUNA prueba!".

"¡Claro que la tienes!", ha dicho con una sonrisa astuta Chloe. "¡La letra de MacKenzie!".

"¡Es verdad!", ha dicho Zoey excitada. "¡Tu DIARIO es la única prueba que necesitas!".

"A ver si os he entendido, chicas", he dicho, aguantando las ganas de salir corriendo. "¡¿Pretendéis que entregue mi diario, en el que están todos mis sentimientos más íntimos, mis secretos más oscuros y mis momentos más embarazosos?! ¡¿Al director Winston y al señor Zimmerman?! ¡¿Como prueba contra MacKenzie?!".

"¡SÍ!", han contestado Chloe y Zoey categóricamente.

"¡SOLO así podemos pararla!", ha argumentado Chloe.

"¡Y SOLO así puedes protegerte A TI de que te expulsen por ciberacoso!", ha añadido Zoey.

"¡¿OS HABÉIS VUELTO LOCAS?!", les he gritado. "Lo siento, pero no puedo entregar mi DIARIO a las autoridades escolares. ¡¡Contiene información superpersonal!!".

"Sí, ya sé que será un poco embarazoso, pero ¡piensa que es por una BUENA causa!", ha dicho Zoey.

"Haz lo que debes y protege a los alumnos de la auténtica ciberacosadora: ¡MacKenzie!", ha exclamado Chloe.

"Pero ¿y si se vuelve contra mí y me veo metida en LÍOS por todo lo que he escrito en mi diario?!".

"¡Venga, Nikki, no será para tanto!", ha dicho Zoey.

"Bueno, escribí, por ejemplo, ¡que me parece que el señor Zimmerman está loco!".

"Sí, el señor Zimmerman está un poco majara!", ha dicho Zoey riendo. "Pero seguro que se lo tomará a broma".

"Y, si no, tampoco será para tanto", ha replicado Chloe.

"¿Y os acordáis del día que el director Winston no dejaba de vigilarnos en el almuerzo y empezamos a cruzarnos mensajes? ¡Eso también lo puse en mi diario! Puse que nunca se creería que nos reunimos en el armario del conserje, donde, según el manual escolar, ¡no puede entrar ningún alumno a riesgo de un castigo de tres días en casa!".

Al oír eso, Chloe y Zoey dejaron de reírse y pusieron los ojos como platos.

Ahora sí que se las veía preocupadas.

"Bueno, aún hay más", he seguido. "También escribí sobre vosotras, chicas. Chloe, tú decías que no parecíamos el tipo de gente que gasta bromas desde el teléfono de la biblioteca. Y tú, Zoey, decías que no parecíamos el tipo de alumnas que se cuela en los vestuarios de los chicos. También conté cómo las tres nos escapamos de la cafetería sin tener pases. Por ahora ya llevo al menos CUATRO reglas del instituto que hemos violado, ¡y algunas varias veces! Pero si a vosotras no os importa que el director Winston lea todo eso, ¡PERFECTO! Denunciaré a MacKenzie y entregaré mi diario como prueba".

"¡Nikki! ¿Has escrito en TU diario todo lo que hemos hecho NOSOTRAS?", ha gritado Zoey.

"¡LO SIENTO!", he contestado avergonzada.

"¡¿LO DICES EN SERIO?!", ha chillado Chloe. "¡Estamos hablando de AÑOS de expulsión temporal! Nuestros compañeros estarán a punto de dejar el instituto y NOSOTRAS seguiremos haciendo el mismo curso, CASTIGADAS! ¿Te imaginas lo EMBARAZOSO que va a ser?".

"¡Sí, y además ¿no había una norma según la cual, si se pasaba de cierto número de castigos, te daban por caso perdido y te ECHABAN del instituto?!", ha gruñido Zoey.

"¡Lo siento, Nikki, pero no puedes entregar el diario al director Winston de NINGUNA MANERA!", ha bramado Chloe.

"¡Es muy MALA idea!", ha protestado Zoey.

"¡Ah, ah! ¡A ver si lo entiendo ahora!", he exclamado entornándoles los ojos. "¿Y lo de la buena causa y lo de ser responsable? ¡¿AHORA sí que decís que NO PUEDO entregar el diario solo porque cuenta un montón de COSAS MALAS sobre vosotras?!!".

"¡Exacto!", me han contestado las dos a la vez.

"¡Pues me decepcionáis mucho! ¿No tenéis que decir nada en vuestra defensa?!", he preguntado.

"¡Estamos PERDIDAS!", ha lamentado Chloe.

"¡Estamos MUERTAS!", ha gimoteado Zoey.

Al menos AL FINAL estábamos todas de acuerdo: pedir ayuda al director Winston y al señor Zimmerman NO era una opción.

Si leían mi diario, ¡había bastantes probabilidades de que mis BFF y yo acabáramos con tantos problemas como MacKenzie!

¡¡AY, MADRE!! ¡¡☹!!

"A ver, chicas, a lo mejor nos estamos preocupando sin necesidad", he dicho. "Mientras MacKenzie no haga nada, no tendremos que recurrir al diario ¿no? Y en estos momentos debe de estar en París haciendo algún trabajo sobre la torre Eiffel con sus nuevos amigos pijos de la Academia Internacional North Hampton Hills".

"Sí, pero ¿no te dijo algo de que recibirías una sorpresa el lunes 28 de abril? O sea... ¡¡¿HOY?!! Si te ha robado el diario y ha entrado en tu web, ¡es capaz de TODO!"

Chloe se ha llevado la mano a la barbilla para pensar mejor. "A ver, si yo fuera una reina del melodrama chiflada, celosa, mimada, estresada y rica como MacKenzie, ¿qué haría para vengarme? ¡¿Mmm...?!".

"Bueno, a mí me daba miedo que antes de marcharse hubiera saboteado de alguna forma mi sección de consejos", he explicado. "Pero en cuanto descubrí lo que había hecho, cambié mi contraseña para que no pudiera volver a entrar en mi cuenta de la Señorita Sabelotodo. Y esta mañana he borrado TODAS sus cartas y he comprobado todo OTRA VEZ, porque la sección está programada para publicarse hoy en el periódico, a la hora del almuerzo. Mi nueva web tiene una función muy guay de publicación automática. Basta con guardar las cartas en una carpeta especial para que se publiquen en una fecha concreta. Pero, ahora que lo pienso, se me OLVIDÓ comprobar esa carpeta".

De pronto se me encendió una bombilla. Y me entró el pánico y grité...

"¡A lo peor ESA es la sorpresa!", exclamó Zoey.
"¿A qué hora sale hoy el periódico?".

Las tres hemos mirado el reloj.

"¡A las 12:30!", he dicho. "Dentro de exactamente...".

"¡¡¡¡¿CINCO MINUTOS?!!!!", hemos gritado
aterrorizadas.

Las tres nos hemos lanzado hacia la puerta como si
estuviera sonando la alarma antiincendios.

"Voy a mi taquilla a por el portátil a ver si podemos
entrar en la cuenta de la Señorita Sabelotodo para
buscar las cartas de MacKenzie", les he gritado mirando
hacia atrás. "Vosotras id a la redacción y coged mi
carpeta roja, está en mi casilla. Ahí están las cartas
impresas. ¡Nos encontramos en la biblioteca!".

"¡Vale, pero date prisa, POR FAVOR!", me ha rogado
Zoey. "Si se publican las cartas de MacKenzie en el
periódico y te acusan de ciberacoso y te obligan a
entregar el DIARIO al director Winston...".

"¡ESTAMOS MUERTAS Y ENTERRADAS!", ha murmurado Chloe.

En el fondo, menos mal que MacKenzie se había ido a otro centro. Porque, si no... ¡te juro que a estas horas sería ELLA la que estaría muerta y enterrada! ¡Hasta ese punto estábamos ENFADADAS con ella!

MacKenzie había dejado una BOMBA PROGRAMADA para explotar en nuestro instituto en forma de respuestas de la Señorita Sabelotodo.

¡Y nosotras teníamos que encontrarla y desactivarla antes de que EXPLOTARA!!

¡¡☹!!

MARTES, 29 DE ABRIL

Ayer lo dejé en la escena en la que mis BFF y yo estábamos MUERTITAS de miedo con lo de las cartas de MacKenzie.

Esa chica ha hecho muchas cosas HORRIBLES, pero ¡esta vez se había PASADO mil pueblos!

No solo por el DAÑO que sus cartas falsas iban a hacer a muchos alumnos inocentes, sino también porque ¡podíamos acabar EXPULSADAS del instituto! ¡¡☹!!

Cuando nos volvimos a reunir en la biblioteca nos quedaban menos de tres minutos para encontrar todas las cartas de MacKenzie y borrarlas antes de que el periódico las publicara automáticamente a las 12:30.

Mientras Chloe y Zoey iban leyendo y dándome los detalles de las cartas impresas, yo las buscaba en mi carpeta de publicación automática y las iba borrando.

De tanto estrés sudábamos como monas. Yo tecleaba lo más rápido que me permitían mis dedos...

¡¡MIS BFF Y YO, BUSCANDO Y BORRANDO LAS CARTAS DE MACKENZIE ANTES DE QUE SALGAN PUBLICADAS EN EL PERIÓDICO!!

Lo bueno es que ¡solo nos faltaban DOS cartas por borrar! ¡¡☺!! Lo malo es que ¡solo quedaban treinta segundos para encontrarlas y borrarlas! ¡¡☹!! ¡La situación era DESESPERADA!

Chloe dijo entonces: "Recuerda, Nikki, que si no lo consigues, ¡dentro de una semana podrías tener a Brandon y el resto del instituto leyendo tu diario! ¡Concéntrate!".

"¡Vaya, gracias por recordármelo, Chloe! ¡¡En estos momentos tengo ganas de vomitar!!", farfullé.

Zoey empezó una cuenta atrás como si estuviera en el lanzamiento de un cohete de la NASA. "Diez. Nueve. Ocho. Siete. Seis. Cinco. Cuatro. Tres. Dos. ¡Uno! ¡Lanzada la sección de la Señorita Sabelotodo!".

Mis amigas me miraron expectantes a que les dijera qué había pasado con las dos últimas cartas.

Yo suspiré y les puse la mirada de cachorrito más triste que tengo, y sus caras se ensombrecieron.

Se podía oír el vuelo de una mosca.

Y entonces grité..."¡¡LO CONSEGUIMOS!!". ¡¡Y mis BFF se volvieron LOCAS!!

¡Sí! No sé cómo, ¡pero conseguimos borrar todas las cartas de MacKenzie segundos antes de que se publicara la sección! ¡Estábamos tan contentas que nos dimos un abrazo de grupo!

Y me quedé MEGAsorprendida cuando recibí un mensaje en el móvil:

"Chloe y Zoey han entrado corriendo en la redacción y se han llevado una carpeta de tu casilla. ¿Todo bien? Por cierto, ¿Chloe lleva APARATOS?".

¡Era de Brandon! ¡☺! Y era el primer mensaje que me enviaba en SEMANAS, lo que quería decir que ya no estaba enfadado conmigo. ¡¡YAJUUUU!! ¡¡☺!! Como yo seguía mosqueada con la forma en la que MacKenzie torturó a Chloe por los aparatos, contesté:

"Todo va bien. Y ¡sí, Chloe lleva aparatos". ¡Y MacKenzie la traumatizó con eso justo antes de irse!".

Me quedé otra vez MEGAsorprendida cuando Brandon apareció en la biblioteca con una foto. Dijo que era un regalo para que Chloe se sintiera mejor...

CHLOE, ALUCINANDO CON LA FOTO QUE
BRANDON HA ENCONTRADO DE MACKENZIE
HOLLISTER HACE DOS AÑOS

¡MADRE MÍA! ¡Por lo visto, los dientes perfectos y blancos como perlas no fueron siempre tan... ¡¡PERFECTOS!!...

FOTO DE MACKENZIE HACE DOS AÑOS...
¡¡¡¿CON APARATOS?!!!

"Pero entonces... ¿por qué MacKenzie ME dijo tantas cosas horribles sobre los aparatos si ella también los había llevado?!", exclamó Chloe. "¡No se entiende!".

"Supongo que porque la gente que se dedica a hacer sentir DESGRACIADOS a los demás son personas que en el fondo SE SIENTEN SUPERinseguras y desgraciadas!", explicó Zoey.

Chloe y yo le dimos la razón. De pronto sonó el timbre que señalaba el final de la hora del almuerzo. Las clases iban a empezar dentro de cinco minutos.

Mientras recogíamos todo no pudimos evitar cotillear sobre los aparatos de MacKenzie.

"Er..., Nikki, ¿tienes un minuto?", me preguntó Brandon algo sonrojado.

¡Oh, no! ¡Chloe y Zoey se pusieron a hacer el payaso y a lanzar besitos por detrás de Brandon! ¿Cómo se puede ser TAN infantil?

Si se volvía y las veía, ¡me MORIRÍA de vergüenza!

En cuanto Chloe y Zoey se fueron, Brandon apartó una silla para mí. Pero yo estaba tan nerviosa que ni se me ocurrió sentarme en una silla. En lugar de eso, planté mi trasero encima de la mesa como una idiota, y me quedé allí mirando sus preciosos ojos marrones.

Brandon se apartó nervioso las greñas del flequillo y me dirigió una gran sonrisa.

Lógicamente, me sonrojé y le devolví la sonrisa. Y entonces él se sonrojó y me volvió a sonreír. Y así durante, no sé, ¡¡una ETERNIDAD!!

"Solo quería darte las gracias por ayudarme ayer con... er, la crisis del plátano. Y también quería pedirte disculpas por no aceptar tus... er, disculpas".

"¡Vaya! ¡Pues yo también te debo a TI disculpas por no aceptar TUS disculpas!", he soltado mientras le dirigía un flirteante descenso de pestañas.

"Todo lo que puse en mi carta lo decía de verdad, Nikki".

"¿En serio? Pues me alegro de que la escribieras. ¡Aunque luego la robara una reina del melodrama y desapareciera durante tres días!", dije sonrojándome otra vez.

"El caso es que quería hablar contigo a solas porque estoy pensando en pedirle para quedar a cierta chica muy especial. Pero, después de todo lo que ha pasado, me da mucho miedo que me diga que no. ¿Tú cómo lo ves?".

¡Vaya! ¡Aquí sí que me sentí hasta las NARICES! ¡¿Para qué se molestaba este tío en hablar CONMIGO si resulta que le GUSTA otra?!

Y entonces ¿yo qué pinto? ¡¡¿Paredes?!!

¡¿Y encima se ATREVÍA a pedirme a MÍ consejo sobre su VIDA AMOROSA?! ¡¡Hay que tener MORRO!!

No pude evitar preguntarme si esa chica era MacKenzie. Seguro que a Brandon le parecía SUPERguay ahora que iba a un colegio tan prestigioso.

"Brandon, si le gustas, ¿POR QUÉ iba a decir que no?", pregunté con tono calmado.

¡Para lo que me importaba! ¡¡☹!!

Entonces se apartó las greñas de los ojos y me dirigió una sonrisa de mil voltios. Yo no le veía la gracia por ninguna parte.

"Bueno, Nikki, ¿quieres quedar conmigo el miércoles después de clase?", preguntó, mirando al fondo más hondo de mi alma torturada.

¡MADRE MÍA! Cuando me dijo eso, me quedé ¡SUPERpasmada y sorprendida!.

¡Y muy contenta! ¡¡¡YAJUUU!!! ¡¡☺!!

¡Y por supuesto dije que SÍ! ¡¡Todo estaba siendo TAN romántico!!

Entonces me di cuenta de que mis BFF estaban justo detrás de la puerta con las caras pegadas al cristal, ESPIÁNDONOS descaradamente a Brandon y a mí...

BRANDON, PIDIÉNDOME PARA QUEDAR
(¡MIENTRAS CHLOE Y ZOEY NOS ESPÍAN
DESCARADAMENTE!) ¡¡☺!!

¡Parece que Brandon y yo volvemos por fin a ser amigos!

¡¡¡YAJUUUUUU!!! ¡¡☺!!

Y, gracias a mis BFF, había conseguido DETENER otro de los planes malévolos, retorcidos y diabólicos de MacKenzie!

Aunque ya hace casi una semana que se fue, ¡no sé cómo se las ha arreglado para crear más DRAMA en mi vida que cuando estaba físicamente presente en el instituto!

¡Por suerte todo ha acabado de maravilla con mis BFF, mi AMOR SECRETO y mi sección de consejos!

A partir de hoy mismo, pienso vivir una vida FELIZ y SIN tensiones, dramas... ¡NI MACKENZIE!

¡¡☺!!

MIÉRCOLES, 30 DE ABRIL

¡Perder un diario puede ser bastante TRAUMÁTICO!

Te hace sentir como si hubieras perdido un trozo de TI MISMA.

Créeme, lo sé por experiencia.

Me hubiera gustado decirle a MacKenzie que había encontrado ~~MI~~ SU diario cuando se cayó de la caja en la que se llevaba las cosas el día que se fue.

¡También quería animarla a seguir escribiendo su propio diario.

Un diario te puede ayudar a desahogarte, a reconocer tus miedos, a buscar tus fuerzas, a perseguir tus deseos y a aprender a quererte a ti misma.

¡Y siempre es mejor rasgar una hoja de papel que a otro ser humano!

Pero, sobre todo, me hubiera gustado decirle a

MacKenzie que la PERDONABA por todo lo que me había hecho en las últimas semanas.

Porque ¡MADRE MÍA! ¡Está MUUUUUUUUUUUCHO más CONFUNDIDA que yo! ¡¡☺!!

¡Estoy SUPERcontenta de haber recuperado POR FIN mi DIARIO!

¡¡¡YAJUUUUUU!!! ¡¡☺!!

¡Y tengo mucha suerte de tener a las MEJORES AMIGAS del mundo!

Hoy hemos quedado después de clase para celebrar nuestra amistad.

¡¡¡YAJUUUUUU!!! ¡¡☺!!

¡¡Se siente, MacKenzie!!

A pesar de tu belleza, popularidad, riqueza y armario divino, no quisiera ser tú.

¿Que por qué?

Porque, er...

¡¡Soy TAN PEDORRA!!
¡¡BIEN POR MÍ!!
¡¡☺!!

Rachel Renée Russell es una abogada

que prefiere escribir libros para preadolescentes a
redactar textos jurídicos. (Más que nada porque los
libros son mucho más divertidos y en los juzgados no se
permite estar en pijama ni con pantuflas de conejitos.)

Ha criado a dos hijas y ha vivido para contarlo.
Le gusta cultivar flores de color lila y hacer
manualidades totalmente inútiles (como un
microondas construido con palitos de polos,
pegamento y purpurina). Rachel vive en el norte
de Virginia con un yorki malcriado que cada día la
aterroriza trepando al mueble del ordenador y
tirándole peluches cuando está escribiendo. Y, sí,
Rachel se considera a sí misma una pedorra total.

OTRAS OBRAS DE
Rachel Renée Russell

Diario de Nikki 1:
Crónicas de una vida muy poco glamurosa

Diario de Nikki 2:
Crónicas de una chica que no es precisamente
la reina de la fiesta

Diario de Nikki 3:
Una estrella del pop muy poco brillante

Diario de Nikki 3½:
¡Crea tu propio diario!

Diario de Nikki 4:
Una patinadora sobre hielo algo torpe

Diario de Nikki 5:
Una sabelotodo no tan lista

Diario de Nikki 6:
Una rompecorazones no muy afortunada

Diario de Nikki: 6½:
Todos nuestros secretos

Diario de Nikki 7:
Una famosa con poco estilo

Diario de Nikki 8:
Una rompecorazones no muy afortunada